遇見快車道女孩

劉育志 著

臨近海濱是一整片剛規劃的重劃區，馬路開得筆直寬廣，卻相當荒涼，夜裡除了偶爾呼嘯而過的飆車少年，沒有半點生息。附近沒有住家，連野狗也少。

「啊……」一名中年男子跌跌撞撞地從路邊的樹叢闖出來，襯衫領子上是鬆開的藍條紋領帶，上半部釦子也解開了。他腳步踉蹌，步伐無法平衡。他想扶住路燈，卻一整個撲倒在地，臉上、身上都是沙礫；在冷清的馬路邊，只有他掙扎著要爬起身來，手腳卻漸漸不聽使喚，即使要翻過身都沒有辦法。

他張嘴想要呼救，卻只聽到通過喉頭的空氣聲，費力地大口吸氣，卻還是沒有感受到新鮮空氣，肺臟裡的氧氣迅速地耗盡。

癱倒在地上的他，側著臉望著空蕩蕩的夜，布滿恐懼的眼神也慢慢疲乏。路燈下，再沒有掙扎，只剩凌亂的襯衫，以及一絲不掛的下半身……。

一

蘇家硯駕著車離開市立醫院停車場，四周已是冷冷清清，儀表板上淡淡藍光顯示時間才剛過十點鐘。等著通過馬路時，他啟動雨刷，刷掉擋風玻璃上的些許雨滴，在這初春時節，偶爾會落點雨。

這個時候下班，對蘇家硯來說是家常便飯，他所屬的胸腔外科人力較缺乏，大大小小的事也就繁重。最近又忙著要發表論文，校稿、繪製圖表已經都差不多完成，如果順利，或許可以登上相當不錯的國際期刊，兩年多的心血也終於能有所回報。

他把車轉進公園旁的公有停車場，準備到旁邊的麵攤買些食物，就當作消夜吃了。停好車子，卻又突然想起什麼似的，開了閱讀燈，把方才整理的資料拿出來，盯著晚上剛完成的幾張關於手術存活率的曲線圖。拿起了筆，畫上幾個標記。

「對、對、對……應該這樣……可是這裡又……」他托著腮，不自覺咬著原子筆蓋。「如果改成……不知道……」

就這樣反覆思索了好一會兒，外頭又叮叮咚咚落下了雨，才把他的思緒拉回。

「該死，又下雨了！」蘇家硯瞧著不小的雨勢嘟噥著。自從去年的秋颱，吹壞了他的傘，便一直沒再買把新的。方才的出神，讓他這下子可給困住了。望著對街的牛肉麵攤，雨落得滂沱。

「算了、算了，回家吃泡麵去……」蘇家硯摸摸肚皮，搖搖頭，又發動了引擎。

當外科醫師的這幾年，早已經習慣了亂七八糟的三餐，開刀一整天下來，吃也行，沒吃也罷，就算吃過了，也沒印象吃過什麼。既然下大雨，那回家簡單隨便吃吃好了。

車子回到公路上，往南直直走，只要再拐個彎就能到家了，大約十五分鐘左右，晚上車子少些，應該會提早些。才過了兩個路口，雨勢又突然歇住，像關掉的水龍頭，整個就停掉了。蘇家硯苦笑咒罵了兩句，老天便是這麼愛開玩笑。這條幹道連接附近的工業區，整條路開得又寬又直，車速不自覺也加快了。

又通過兩個閃黃燈的號誌，兩旁都是龐大綿延的廠房和高聳的圍牆，夜晚時刻黑壓壓一片。蘇家硯自小就近視眼，晚間用眼也較為吃力。遠遠的車燈下，只覺得前頭有人影晃動，在快車道上。蘇家硯心想該是有人要跨越馬路，便放慢車速。隨著距離近了，人影還是一直待在大馬路的中央，不見離去。在對側呼嘯明亮的車頭燈照映下，竟然是一個走在快車道分隔線上的長髮女孩。她的腳步虛浮，身影茫然，沿著分隔線不穩地走著。偶爾平伸手臂輕輕搖擺，就好像在花園漫步似的自在。

一輛大貨車呼嘯而過，毫不客氣地放任喇叭怒吼。捲起的氣旋，讓女孩單薄的身子搖擺顫動著。

蘇家硯在車子經過時，刻意放慢了速度，要看清楚是怎麼回事。交錯的瞬間，可以清楚見到女孩幾乎是閉著雙眼，手輕輕搖擺，赤著一雙腳，長髮散亂飛舞。「搞什麼啊？是不是有問題……」蘇家硯皺起了眉頭，盯著後視鏡，看她凌亂的步伐，在快車道上忽左忽右。

蘇家硯迴轉車子。閃起了車尾的警示燈，在女孩背後幾公尺處，停下車子。明亮的大燈映照下，女孩更顯得嬌弱，一百六十公分左右的身高，只罩了件淡粉紅色素面的棉質長版T恤。蘇家硯下了車，向女孩走近。

「小姐！小姐！」蘇家硯在後頭叫喚了幾聲，女孩沒有回應，繼續往前走著。

「小姐！這裡很危險……小姐！」蘇家硯快步追上女孩。這時更能肯定，女孩是閉著雙眼，迷迷濛濛彷彿沒意識地走著。

「小姐！小姐！」蘇家硯拍了女孩肩頭。「小姐，妳住哪裡？我送妳回去，好不好？」

女孩稍微緩下腳步，依舊還是向前走著。

「叭——叭——」從旁飛速經過的車子，對快車道上的他們按著喇叭。

「小姐！這裡很危險……」蘇家硯伸出手臂想擋住她，卻又怕人誤會，而不敢有直接的肢體接觸。

女孩看似朦朧，卻還知道要側身繞過蘇家硯的臂膀。

蘇家硯觀察著她的意識狀態，尋思：這女孩一定是服了什麼藥，才會變成這樣，得送她到急診去，在大馬路上遊蕩太危險了。

「小姐，我送妳到醫院去……」蘇家硯伸手握住女孩右手腕細細的骨架，才讓她停下腳步。蘇家硯稍稍使了力，要拉她往車上去。女孩嘟噥幾句，夢囈似的甩了頭，用力想要掙脫。

「小姐，這裡很危險……我是想要幫妳，妳這個樣子要到醫院比較好……」蘇家硯委婉勸說，手上又加了點力道，女孩給牽動幾步，還想抵抗。

「叭——」路過的貨車，可能當他們是馬路上鬧彆扭的情侶，不滿地鳴著喇叭。

眼見牽動了女孩，蘇家硯漸漸加快腳步，免得夜長夢多。女孩又更大聲的呢喃，倔強地甩著右手。女孩柔弱無力，掙不開蘇家硯的手掌，她將手臂往回拉，以左手企圖扳開蘇家硯的指頭。

又回走了幾步，蘇家硯突然感到手背一陣痛，紅色的兩道細痕，是女孩的指甲給刮出來的。蘇家硯皺了眉頭，心一橫，更使了勁，下決心往車子去。

來到車子旁，蘇家硯打開了後座車門，半強迫地將女孩送進車子。鎖上車門後，蘇家硯回到駕駛座，關掉閃光警示燈，打了檔位，往醫院的方向去。遠遠又有來車打著遠光燈疾駛而來。

女孩在後座，倒也安分地坐著。蘇家硯生怕又出了差錯，不時由照後鏡盯著女孩，腳下踩著油門加快車速。

轉進路旁明亮的「急診」大牌子，蘇家硯把車停在急診室門口。停好車子，他走進大門，恰好見到上夜班的護士謝婕，趕忙呼喚：「謝婕，來來來！幫個忙，幫我帶個人……」邊用手指著外頭的車子。

「怎麼了？」

「有個女孩在馬路上夢遊，我把她送過來。」

「需要推床嗎？」

「不用不用，還能自己走，只是腦筋不太清楚。」蘇家硯和謝婕來到車旁。

蘇家硯拉開車門，說：「小姐，來，可以下來了……」女孩彷彿不聞，恍惚地看著窗外。蘇家硯無奈地聳聳肩，看了謝婕，退後幾步讓出位置。

謝婕彎身看看女孩，說：「小姐，我們進來裡面休息好不好？」還輕輕拍了女孩的肩頭。瞧她沒反應，謝婕便去拉女孩的手。女孩嘴裡嘟噥兩聲，甩了開。謝婕退到車外，問：「她是不是有吃藥啊？」

蘇家硯聳聳肩，道：「可能有吧？天曉得。」

謝婕又鑽進車內，這次使上點力去拉女孩的手腕。女孩掙扎了幾下，才慢慢移出車子。謝婕牽著她的手，慢步走進急診室。蘇家硯關上車門，跟在後頭。急診室明亮的燈光下，這才看清女孩的容貌。薄薄紅潤的嘴唇、細緻的鼻子，脂粉未施的臉頰透著淡淡的紅。一對睫毛，半張半閉著，搭配及肩長髮，甚是好看。謝婕不禁也多望兩眼，回身瞧了蘇家硯，眼神好像在說：「這回給你遇上了美人胚子，豔福不淺呀！」

待女孩在椅子上坐妥當，謝婕幫她量了血壓，做紀錄。

蘇家硯問：「要幫忙掛號嗎？」

「喲，蘇大醫師要幫美女掛號！當然好呀，你就先填個『無名氏』上去吧！」

蘇家硯填妥單張，到櫃檯辦手續，領回一些資料。

「您今晚英雄救美的事蹟，等她醒了，我一定會告訴她的。」謝婕笑著揶揄兩句：「搞不好可以成就好姻緣呢！」蘇家硯在醫院裡也算是頗負盛名的單身漢，三十歲年紀了，還是孤家寡人。平日耗在醫院裡的時間多，生活的圈子也就小，雖然曾有過幾個較要好的同事，但終究沒人能受得了他這樣整天留在醫院裡的外科生活。他也想過，千萬不能娶一位護士，因為護士必須輪夜班；如果是這種組合，夫妻兩人可能會一個月見不上幾次面，那真是糟糕得緊。

蘇家硯笑了，揮揮手道：「噘！別瞎說，就把她交給妳囉！小弟告辭啦！」走出外頭，嗅了嗅雨天潮溼的空氣，帶上車門，只感覺心情愉悅，有種日行一善的快樂，早已忘記空了一晚的肚子。

蘇家硯駕車回到住處，那是棟兩層樓的老房子，座落在公園旁的老社區裡，租來的，已經住了五年多，他還挺喜歡附近的環境，離醫院又不會太遠。在車庫裡停好車，他打開後門拿起裝著電腦的提包。關上車門時，隱約好像看見什麼在座椅上。彎腰又鑽進車內，摸了椅墊，扁扁的橢圓形，塑膠觸感，原來是支手機。拿在光線下瞧，粉紅外殼，一看便曉得是女孩子用的手機。

「咦？怎麼會掉在這兒？」蘇家硯自言自語。稍稍回想，方才那夢遊的女孩在後座跟謝婕有些拉扯，可能是那時候弄掉的。手指輕輕觸了手機的按鍵，螢幕便亮起螢光，右上角的電池符號閃爍著，沒了電力。蘇家硯把手機放進提包。「明天再想辦法送回去吧……」就鎖上車門，進到屋子。

時間已過中午，在市區北面公園旁巷子中的一棟老舊樓房裡，二樓是間小報社。一位身材發福的中年男人，在椅子上費勁地挪著厚重的屁股，悶熱的氣溫和狹小的辦公室讓他的心情越加煩躁，一把摔掉手上的稿子，拿起電話，吼了祕書：「游哲賢人在哪裡？」

「總編，他……他早上說要出去跑一條新聞，還沒看到人，可能快回來了吧！」

「跑新聞？每次都給我寫這些沒用的新聞！打電話叫他回來，現在！我馬上要見到他！」都還沒等祕書回應，馮輝就用力掛掉電話。他是「明鏡報社」的總編輯，在報業打滾了三十多年，熬到這樣一個小報社的位子，談不上得志，但糊口還不成問題。

才掛上電話沒多久，老舊的玻璃門就給推開來，游哲賢右手提著手提包，左手提著安全帽進來。都還沒放下東西，祕書便神情緊張地招手告訴他：「游哲賢，總編在找你，很生氣的樣子……」

游哲賢推了推油膩的眼鏡，用袖子擦著汗，問道：「什麼事啊？」

「不知道，只聽到他在裡面摔東西。」

「喔……」游哲賢望望總編輯辦公室，聳聳肩，走了過去。人在屋簷下，為了一口飯吃，不得不受點氣，反正平常也給罵習慣了。

「叩叩叩」敲敲門。

「進來！」辦公室裡傳出吼聲。游哲賢推門進去。

「總編，你找我……」

「游哲賢！你寫這些是什麼東西？」馮輝把幾份文件摔在桌上。

「總編，這是我清早剛得到的新聞……」

「你是第一天來上班是不是？寫這種什麼標題『男子陳屍路邊』！」馮輝加重語氣，把稿子甩到游哲賢面前。

「這……這是我一大清早接到的新聞，我跟那個刑警有交情，他給的獨家……」游哲賢支支吾吾地解釋著。

「獨家很好啊！不過你把新聞寫成這樣，是有什麼吸引力？有誰會想看？」

「可是，刑警說目前只知道這樣……」

「呸！你頭殼是裝屎嗎？自己不會動腦筋啊！衣著凌亂、沒穿褲子、車子沒熄火、死在路邊，這種事連白癡都看得出來，一定是在外偷情搞車震，結果馬上風死的！」馮輝嚷著，噴得四處是口水泡沫。

「我知道，不過……」游哲賢小聲地回應。

「這還要我教是不是？報紙下標題就是要聳動，要羶、要腥、要暴力，不然是要怎麼賣啊？」

「但是，還沒有證據啊……」

「這是要什麼證據啦！偷情的女人當然是跑掉了啊！難不成你還期待她出來自首嗎？」

游哲賢低著頭，啞口無言。

「這種事反正就隨便你編，了不起再加上『疑似』兩個字，不就得了？死人是會跳出來反駁嗎？大家愛看就好了，誰管你是真是假。」

游哲賢小心地收起散在桌上的稿子，道：「我馬上去改……」

「再給我交這種廢物出來，你就別想混了！」馮輝用厚實的肥拳頭重重捶了桌子。

游哲賢走出馮輝的辦公室，輕輕地帶上門。一聲不響地回到自己的辦公桌，幾個同事知道游哲賢才剛給吼了，也都靜靜地默不作聲。游哲賢在電腦上開啟檔案，重新改寫了幾段，左看右看就是不滿意。抱著後腦勺，胡亂抓著頭髮，越發煩躁。

「骨蠟來！」蘇家硯將骨蠟抹在胸骨的斷面，止住了骨髓中湧出的鮮血。

「開胸器！」沉重的開胸器撐開了胸骨，在無影燈的照映下，心臟正在心包膜內使勁地跳著。

「鈴鈴鈴——鈴鈴鈴——鈴鈴鈴——」桌面上的電話響起。

擔任流動護士的施宛寧，靠過去接起了電話：「喂，你好！」

「嗯，蘇醫師在上刀。」

「這臺刀剛開始，可能還要一段時間喔！」

「請問哪裡找？」

「喔……那你稍等……」施宛寧放下了電話，走到蘇家硯身旁，輕聲叫喚：「蘇醫師！」

蘇家硯一雙手正專注著撥離腫瘤與周遭組織的沾黏，沒聽到似的。施宛寧又喚了一聲：「蘇醫師！」

「喔！怎麼啦？」蘇家硯側過臉問。

「醫院的駐警在找你，好像是挺急的事……問你能不能立刻下去？」

「駐警？什麼事啊？這麼急……」蘇家硯也感到困惑，望了望時鐘，說：「妳告訴他，大約再一個半小時左右，我下刀會過去。」

施宛寧依言回覆，掛上電話。蘇家硯愣了一會兒，也摸不著頭緒，沒再多想。

註1：劍突，胸骨下端的骨片。

註2：胸腺瘤，由胸腺長出的腫瘤。

註3：重症肌無力，患者會感到容易疲勞、肌肉無力，可能出現眼瞼下垂、複視、吞嚥困難等症狀。

二

市立醫院駐警的辦公室在一樓電梯後面不起眼的角落，平常不太引人注意。蘇家硯在袖子上抹乾剛洗過的雙手，敲了門，身上還是手術房的綠衣服，外頭罩了件醫師袍。

「請進！」

蘇家硯推門而入，整間辦公室菸味瀰漫，牆面上一張「禁止吸菸」的標語早已熏得發黃。「喔！蘇醫師來了！請進請進。」李翰放下手中正燃著的菸，起身迎了過來。他是駐警的隊長，身高普通，但體格壯碩，相當結實。蘇家硯平時常見到他，也都會點頭打招呼。

「蘇醫師，來來來跟你介紹……」

坐在辦公桌對面，身著便服的男子，也熄了菸，站起身來，遞過一張名片。「您好，我叫俞宗皓，是轄區的刑警。」

「你好。」蘇家硯跟他握手，收起名片，還是摸不著頭緒。

「蘇醫師來，請坐請坐。」李翰拉了椅子擺在辦公桌旁，待大家坐定後，開了場講：「蘇醫師，很抱歉這麼忙還麻煩您過來，俞刑警有些事要請教您。」李翰尚不清楚詳情，曉得的也就這麼多。

「咳咳。」清了清喉嚨，俞宗皓坐直了身體開始講：「蘇醫師，能不能請問您昨晚在哪裡？」

「我昨天在醫院待到很晚才離開。」蘇家硯回憶著說。

「很晚？大概幾點鐘？」

「好像是十點多吧！」蘇家硯感到有種被審問的不快，臉上也就收起了笑容。

「離開醫院之後，你到哪裡去？」俞宗皓接著問。

「當然是回家啊！」蘇家硯不情願地回答。

「回家之前，有沒有去過什麼地方？」

「我本來打算去買點吃的，結果下大雨，害我沒東西吃。」

「你到哪裡買吃的？」

「就回家的路上啊！結果我人都還在停車場就下起大雨。」蘇家硯心裡反抗的情緒越來越高，兩隻手肘撐在桌面，交握了手指，身體不自覺採取了防禦姿態，但還是有問有答。

「只有停車場嗎？」俞宗皓斜過頭，拉高的語調透露出不信任。

蘇家硯這時也脾氣上來了，平常可從沒有人會這樣質問他。他勉強沉住氣問：「俞警官，這是在審問人犯是不是？請問我涉入什麼案子嗎？」

李翰看場面越來越僵，雖不曉得俞宗皓有什麼目的，但心想蘇家硯是規規矩矩的醫師，問話的口氣可別過了頭，就忙著打圓場，道：「俞警官，蘇醫師開整天刀也累了，大家先歇會兒，喝口茶……」

俞宗皓一聲冷笑，朗聲問道：「蘇醫師，你昨晚不是還送了個女孩子到醫院急診室嗎？」

「有啊！這又如何？把一個神智不清，在馬路上遊蕩的女孩送到醫院，也算犯罪是不是？」蘇家硯也大聲起來。

「送人家到醫院當然不犯罪，不過如果遇到美女……嘿嘿。」俞宗皓左邊面頰抽動兩下，一雙眼睛邪氣地打量著蘇家硯。

「俞警官，還有事情嗎？我加護病房還有病人要處理。」蘇家硯壓抑著怒氣，扣上醫師服，要結束這段讓人渾身不舒服的談話。

「蘇醫師，恐怕你還是要回答這些問題。」俞宗皓嘴角掛著有把握地笑容，彷彿在這一場對話中已經占了上風。

「我不是犯人，你沒有資格這樣跟我說話！」蘇家硯講完，便準備站起身來。

「蘇醫師，我勸你還是留下來說清楚，不要敬酒不吃吃罰酒……」

「抱歉，沒空！」蘇家硯用力地站起身來。

「蘇醫師……俞警官……」李翰看情況陡然變成這樣，跟著起身，不知如何是好。

「蘇醫師……」俞宗皓仰起頭，斜斜地看著蘇家硯，道：「蘇醫師，有人指控你昨晚趁當事者意識模糊，施以強迫，性侵得逞。」

「啥！你說什麼？」蘇家硯訝異地睜大眼睛，不可置信。

李翰已經說不出話來，愣在一旁。

「你目前已經是嫌疑人的身分，最好趁現在把事情講清楚，場面會好看一點，不然我也可以將你上手銬帶回警察局去問。」俞宗皓接著把話說完：「你一個醫師，被銬著從這裡走出去，不會好看的。」

「胡說八道，哪有這種事！」蘇家硯越聽越激動，握起拳頭。

俞宗皓揮揮手，指了椅子，道：「這時候大聲沒有用啦！我勸你坐下來把事情說清楚。」

蘇家硯蹙起眉頭，腦子裡飛快回想著昨晚的事，究竟是哪個環節出了問題？他緩緩地坐回椅子上。

俞宗皓又贏了一回合，微微一笑，道：「蘇醫師，要不要交代一下，昨晚你去了哪些地方？」李翰也跟著坐下。

沉默了一會兒，蘇家硯說：「這當中一定有誤會。」

「沒關係，你交代清楚，搞不好能澄清誤會。」

「就跟我剛剛講的一樣，我本來打算去買晚餐，結果在停車場時遇上大雨，只好掉頭回家，然後路上便看到一個女生在快車道中間遊蕩，本來也不想插手去管，不過看起來實在很危險，最後就載她上車，送來醫院。」

「她當時狀況如何？」俞宗皓問，一邊在筆記本上寫著。

「可能是有吃安眠藥吧！看起來迷迷糊糊，很像在夢遊。」

「她是自願跟你上車的？」

「她那種意識狀態，當然談不上自願。」蘇家硯心想都已經被當成強暴犯了，可不想去提拉扯那一段。「不過，我牽了她上車。」

「接下來呢？」

「我直接送她到醫院。」蘇家硯雖然氣惱，不過還是小心地用字遣詞，盡量講得輕鬆自然，可不要再生誤會。「然後，請護士小姐帶她下車。」

「你有送她進醫院？」俞宗皓問。

蘇家硯點點頭。

「也是你幫她掛號的？」俞宗皓又問。

蘇家硯還是點點頭。

「還真是好心啊！」俞宗皓淡淡說了一句，語氣中充滿了嘲諷。

或許是平常在手術房養成沉得住氣的性子，讓蘇家硯曉得自己目前的處境不妙，只好忍氣吞聲，不想讓事情演變得更糟糕。

「把她交給急診之後，我就離開了。」

「你認識那個女人嗎？」俞宗皓問。

「不認識。」

「你是頭一回見到那個女人？」

「是的。」

俞宗皓又在筆記本上做了一些紀錄，抬起頭說：「蘇醫師，我今天也要先採集

一些你的檢體回去比對化驗。」蘇家硯淡淡看著，默不作聲。

俞宗皓從塑膠袋中取出了三支棉棒，道：「你先漱個口，再用棉棒刮幾下口腔黏膜，就可以了。」

蘇家硯沒爭辯，照著俞宗皓的指示完成動作。用棉棒輕輕地刮口腔黏膜，便能取得些許黏膜細胞，這麼做自然是要比對DNA。俞宗皓將棉棒稍微風乾之後，放入紙袋中，黏上封口，再讓蘇家硯簽名及按押左手拇指的指紋。

收拾好紙袋，俞宗皓問：「蘇醫師，請問你的車現在停在什麼地方？」

蘇家硯淡淡回答：「在醫院停車場。」

「方便帶我過去嗎？我要做初步的蒐證。」

「行。」蘇家硯簡短答應，便站起身來。

「我陪你們一起過去。」李翰跟著站起來。俞宗皓穿上外套，走在前頭，先出了辦公室。

蘇家硯才走了兩步，便給拉住。李翰低聲對他道：「蘇醫師，為什麼你要讓他這樣做？你可以要求先找律師來再說啊！」

蘇家硯冷冷一笑，道：「哼！那有什麼關係，我又沒做虧心事，他採了檢體回去剛好可以證明我的清白！」反正心中坦蕩蕩，若執意拒絕採樣，那才顯得心虛怕事。

三個人出了醫院大門，轉個彎來到停車場。夕陽把天空染成一整片紅。

「到了，我車在這裡。」蘇家硯用遙控器開啟門鎖。這輛銀灰色的小車是還在當住院醫師時買的，平常也只有上下班開，車況仍相當良好。

俞宗皓拿一部袖珍型的數位相機，由前方、後方及側面拍了照片。接下來打開前後車門，又各拍了幾張相片。

俞宗皓問：「昨天，她從哪一邊上車？」蘇家硯指了指左後的車門。俞宗皓戴上乳膠手套，彎腰鑽進後座，左手持了手電筒，仔仔細細搜尋蛛絲馬跡。腳踏板、椅墊、把手、置物箱，也都拍了相片，經過好一陣子才出來。隨後又檢查了前面座椅。

之後，俞宗皓提出要求：「後車箱打開來我看看。」蘇家硯依言打開後，只站在一旁看著。前後總共花了四、五十分鐘，俞宗皓才關上車門，脫下手套。

「蘇醫師，你留個電話給我，今天大致先這樣，若有需要會再通知你。」俞宗皓遞過筆記本。

「行。」蘇家硯寫下手機號碼及家裡的電話。「我大部分時間都在醫院，你打手機給我。」

蘇家硯悶著一肚子氣，走回醫院。整個事件他完全摸不著頭緒，像是讓人在暗巷裡沒頭沒腦地痛毆了一頓，莫名其妙。

待蘇家硯走遠，李翰忍不住講：「俞警官，別怪我多事。但我覺得你們一定是找錯人了。」

俞宗皓揚起眉毛，問：「怎麼說？」

「蘇醫師相當認真，好好一個年輕人，怎麼可能……」

「他說謊！」俞宗皓肯定地講。

「我看，不像啊……」

「昨天晚上勤務中心有接到通知，說那個路段有一男一女在拉扯，女的被強拉進車裡，懷疑是綁架案，所以報警。」

「但……那也不見得就是蘇醫師啊！」李翰試著爭論，在他心裡可全然不信蘇家硯是強暴犯。

「報案的人有記下車號。」俞宗皓指著車牌。「就是這個號碼！」

三

蘇家硯回到辦公室，癱坐在椅子上。試著釐清這當中有何蹊蹺，那女孩的行為又有什麼可疑之處。自言自語著。

「難道是衝著我來的？」

「我有得罪誰嗎？應該沒吧……」最近和患者之間沒什麼衝突，又沒接觸過什麼生意投資的問題。

「而且那時候有那麼多車路過，又不一定會是我停下來……這沒道理是衝著我來的……」

「敲詐？」

「不會吧？我那輛小車，看也曉得沒什麼值得勒索。」蘇家硯搖搖頭。

「還是……到了醫院，發現我是醫師，才臨時起意……」記得昨晚謝婕有叫過幾聲「蘇醫師」，難道是這樣透露了身分？

「但，如果是要錢，總該先來談談價錢吧！」

「有同夥嗎？」蘇家硯一直想著昨夜的場景，回醫院的路上沒什麼車，如果有人跟蹤總會知覺。

「難道……她的夢遊根本就是假裝的。」蘇家硯突然感到背脊一陣發涼。

「如果是假裝的，她後來在醫院裡，應該看得出來。」

「嗯！我去問問看，她昨晚留在急診有沒有什麼不對勁。」蘇家硯決定要查出點什麼，不能總處在挨打的位置。

「把我當成嫌犯？莫名其妙！」

「哼，把他們揪出來看看究竟在搞什麼鬼！」蘇家硯站起身來，給自己方才垂喪的心情打打氣，拉整好衣服，決定去急診問個清楚。

走出辦公室時，突然眼前接連幾個閃光，蘇家硯看見走廊上有相機正對著他閃。

「蘇醫師，您好，我是明鏡報社的記者，對於昨晚有人對你的指控，有沒有要做什麼回應？」游哲賢邊問著話，又按了幾下快門。他在辦公室門口已經守候好一會兒。

蘇家硯一聽到是聞風而來的記者，動了怒氣，一雙眼狠狠瞪著游哲賢，伸出手指著他，一字字重重地講：「我什麼事都沒做！謝謝。」接著轉頭就走。

「蘇醫師，警方已經找過你了，對不對？」游哲賢明知故問。

蘇家硯只是往前走，不願再搭理，心裡頭咒罵著這些記者有如尋獲腐肉的禿鷹。

「蘇醫師，你有沒有什麼要澄清？」

「蘇醫師，你在這裡服務多久了？」游哲賢跟在後頭，追問著。

「蘇醫師……」

蘇家硯閃進手術房的大鐵門，才終於擺脫游哲賢的糾纏。看著電動門關了起來，

游哲賢按掉別在口袋的錄音筆，低頭檢視方才拍下來的一張張畫面，嘴角露出微微

的笑，對這個熱騰騰的獨家頗為滿意，心裡頭想：「強暴案沒什麼，嘿嘿……不過，醫師涉入的強暴案可就有什麼了！」

穿越整個開刀房，從另一頭的電梯下到急診，蘇家硯找到正忙碌著的謝婕，趕緊把她拉到一旁，道：「謝婕，來來來，借我問個問題。很重要！很重要！」

「怎麼啦？慌慌張張的……」

「昨天晚上，我載過來的那個女孩，妳還記不記得？」

「當然記得，大美人一個呢！」

「她什麼時候離開的？」

「怎麼？想約人家吃飯啊？」謝婕揶揄著問。

「不是啦！妳記不記得她昨天來到醫院後，做了些什麼事？」蘇家硯收起笑容，繼續說：「我是問正經的。」

「嗯……你走了之後，我就帶她到後面的觀察室休息。」謝婕仰起頭回想。「我讓她待在推床上，還盯著她好一會兒，確定沒有亂跑。」

「她有說過些什麼嗎？」

「是有開口講過幾句，不過都像是說夢話，聽不太清楚……」

「她整晚都在嗎？」蘇家硯問。

「昨天晚上病人還挺多的，我記得在空檔時看過幾回，她都乖乖躺在床上，後來好像就睡著了。」

「有聯絡到家人過來嗎？」

「沒耶，沒有證件，一直到半夜交班時都查不出身分，連名字都還不曉得呢！」

「她什麼時候離開醫院的？」

「不曉得耶，不過查查看就知道了。」謝婕拉開抽屜，拿出個大本子，翻到昨天的病人紀錄，從上往下查看。「啊，在這裡！」謝婕指著一個「無名氏」的名條，正是蘇家硯幫忙掛的號。

「怎麼還沒改名字呢？」通常患者清醒了之後，會更改成正確的資料，不過女孩的名條還是印著「無名氏」。在紀錄後頭「患者去向」的欄位，填著Escape（逃跑），表示患者沒辦手續自行離開醫院。

「Escape？」蘇家硯皺起眉頭，道：「能不能幫我調她的病歷過來？」

「行啊！我跟病歷室講一聲。」謝婕說著便拿起電話。「你好，能不能幫我們送一本病歷到急診……嗯……病歷號是875655-2……好的……謝謝。」

「病歷馬上就到！蘇醫師呀，為什麼你對她這麼關心？」

蘇家硯皺起眉頭，氣憤地道：「關心？才不勒！妳知不知道她做了什麼事？」

謝婕搖搖頭。

「她到警察局報案，說我強暴她！」蘇家硯咬著牙，加重語氣講。

「什麼？」

蘇家硯憤怒地點點頭。

「怎麼會有這種事情？」謝婕一臉詫異，不可置信。

「哼！就是有這種莫名其妙的事！狗咬呂洞賓……」

「難怪……下午醫院有人打電話問我，是誰送她過來的……」謝婕想起下午接到的電話。

「嗯……我剛剛已經被『請去』問過話了。」蘇家硯加重了語氣講。

「轟轟轟轟——碰——」一陣低沉的聲音從柱子裡響起，是病歷氣送系統的聲音。這個系統可以在各個樓層間迅速準確地傳送檢體及病歷，也能省掉許多人力。

謝婕打開牆上的拉門，拿出一個圓柱型透明膠囊，轉開上蓋後，抽出捲著的病歷。「來了，你看看……」

蘇家硯翻開薄薄的病歷，裡頭只有簡短的紀錄，懷疑是服用安眠藥。翻到護理紀錄的部分，最後一個紀錄是凌晨四點零五分的時候，女孩睡眠中。接下來是五點二十分，發現女孩不知去向，一直到早上八點依舊沒見到人影。

沉思了一會兒，蘇家硯問：「昨天的大夜班是誰？」

「大夜是葉帆，我交班給她的。」謝婕回答。

「你曉不曉得葉帆的電話？」

「知道呀！她也住醫院宿舍，好像就在我的樓上。」謝婕稍微推算了一下分機號碼。「她住八樓，應該是49822吧！不過她可能還在睡覺喔！」上大夜班的人，這時通常都還沒起床。

蘇家硯拿起分機，撥了電話。

「嘟——嘟——嘟——嘟——」響了好一陣子。

「喂……」一個睡意沉沉的聲音回應。

「喂！葉帆啊，我是蘇家硯啦！」雖然睡意很重，不過還是認得出葉帆的聲音。

「蘇醫師……怎麼回事啊？」

「妳記不記得昨晚有一位夢遊被送到急診的女孩子？」蘇家硯問。

「嗯……你是說……後來跑不見的那個女孩子？」

「對對對對！」

「怎麼啦？」

「妳有沒有注意到那個女孩有什麼怪異？」

「還好耶，半夜交班的時候，她睡得好好的……抽血的報告看起來也都還好……」

「有沒有人來找過她？」

「應該沒有……都是一個人……」

「她有醒過來嗎？」

「有一回她跑下床，好像是淩晨兩點多的時候，剛到走廊就被我發現，所以又把她帶回去。」

「她有說過什麼嗎？」

葉帆想了一下，道：「那時候她還不願意進來……都像夢囈一樣，說話都糊在一起，聽不太清楚……」過一會兒，才又說：「不過，好像有提到要去上白班什麼的……」

「後來她是怎麼離開的？」

「不曉得耶……隔壁床家屬說，以為她去上廁所，結果卻一去不回。」

「這樣子……」蘇家硯語氣帶點失望。

「有什麼問題嗎？」

「沒……沒什麼……」蘇家硯沒再多說什麼，謝過葉帆，掛上電話。

「有問到什麼消息嗎？」謝婕問。

蘇家硯搖頭，緊蹙著眉頭。既然沒能問出什麼有用的線索，只好失望地離開急診；他可不想再遇到煩人的記者，便繞到加護病房的休息室。躺在床上，直直盯著天花板發愣。

隔天一大早，蘇家硯才到醫院不久，便接到手機來電。院長室的祕書請他到會

議室一趟，這絕對不會是好消息。蘇家硯走進偌大的會議室裡，圍成橢圓的會議桌旁，只有外科主任跟院長兩個人。上午的院務會議尚未開始，便找了他來。

「院長！主任！」蘇家硯打過招呼。

「蘇醫師，劉院長很關心，想了解這是怎麼回事？」王藝達主任說著，把手上的報紙攤在桌上。報紙上大大的標題寫著：**「外科醫師化身狼人，性侵夜歸少女！」**

「這……胡說八道，都是胡說八道！」蘇家硯盯著標題，一雙眼瞪得斗大，嘴唇氣得發抖。

王藝達說：「蘇醫師，你先別激動……我們想……這當中可能有誤會。」

「這全都是亂寫！」

「我們只是要……要了解一下發生了什麼事。」

「前天……前天晚上，我下班要回家的途中，晚上十點多，見到一個女孩子走在快車道中間，意識恍惚，實在很危險……」

「嗯……」王藝達認真聽著。

「所以，我就把她送到急診室……」

「那……？」王藝達顯然還搞不懂這之間的關聯。

「結果，昨天就有刑警來醫院找我莫名其妙問話，說那女孩指控我趁她意識模糊的時候……」

「為什麼會這樣？」王藝達問。

「我也不知道啊！我根本不認識她，送到急診後我就走了，怎麼知道竟演變成這樣，真是莫名其妙！」

「記者有找過你？」

「他們直接跑來等在我辦公室門前，這些根本都是沒有證據的事！他們怎麼可以這樣子亂寫！」蘇家硯氣呼呼的說著：「我要去找他們說清楚！」

「蘇醫師，我們知道你是無辜的。」劉璨院長終於開口說：「昨天警方跟你談些什麼？」

「就問我的行蹤，去過哪些地方，然後查了我的車，還有採檢體要去比對。」

劉璨院長思索一會兒，充滿鼓勵地說：「警方調查清楚之後，就一定會還你清白，不要擔心。」

「蘇醫師，我們就先忍一忍，別做回應，不要把事情又鬧大了。」王藝達試著安撫著，怕蘇家硯過於衝動而找記者理論，倘若又起什麼衝突，可能只會把狀況越弄越糟。

蘇家硯悶了一晚的氣，這時才終於有機會講，說出來後，又得到長官的支持，心情舒坦許多。

王藝達道：「蘇醫師，你先去忙吧！如果有記者找上門來，院方會幫你解釋。」

蘇家硯謝過院長，走出會議室。

「這件事，你怎麼看？」劉璨院長問。

王藝達蹙著眉道：「蘇醫師一直都很優秀，為人也正直，應該不會犯下這等大錯……」

「就怕年輕人一時衝動，唉……」劉璨盯著眼前的報紙，緩緩地說：「王主任，看有沒有辦法能去深入了解一下，有消息要早點知道，才不會壞了醫院的名聲啊！」

四

蘇家硯在病房查過患者後，到醫院一樓的便利商店買了份報紙。才走進辦公室，便翻開內頁，刺目的標題映入眼簾。

驚！外科醫師化身狼人，性侵夜歸少女！

〈獨家〉目前任職於某醫學中心的外科醫師蘇家硯，被指控涉入一起性侵案件，被害人為一夜歸少女。消息指出，蘇家硯當晚於馬路上公然強行擄走該名被害人，疑似將被害人下藥迷昏，加以侵害。犯行之後，更大膽地將被害人送往醫院急診，謊稱該名少女在外頭夢遊，是出於好意才將之送醫。

該名被害人早上醒過來之後，一直感到昏昏沉沉，查覺異樣，進而通報警方。目前已取得重要的關鍵證物，均指向蘇家硯涉案，正積極進行比對，對此案之偵查相當有信心。

警方也指出，蘇家硯身為外科醫師，因此具有使用藥物之專業知識，且能輕易取得各種管制藥品。犯案後還能冷靜地將被害人送醫，編造故事，意圖混淆調查，相當熟練狡猾。以其手法不似初次犯案，目前更深入調查有無涉及其他案件，並呼籲被害人能出面指認。

記者前往採訪蘇家硯時，神情顯得相當慌張，更出言恐嚇怒斥。對於外科醫師竟化身狼人，醫院同事均表示不可思議，消息傳出也使得人心惶惶。

報導的旁邊有個小欄位，寫著蘇家硯簡單的生平、畢業學校，以及任職醫院。還附上蘇家硯一臉怒容的相片，並標註著：「蘇家硯涉嫌濫用專業知識迷姦夜歸少女，於案發後依舊照常上班，並拒絕發表回應。」

蘇家硯氣得咬牙切齒，摔著報紙罵：「胡說八道！胡說八道！」

發完一陣怒氣之後，蘇家硯翻出口袋裡俞宗皓昨天給的名片，撥打了電話。

「喂，刑事組。」

「喂，我要找俞宗皓。」蘇家硯口氣很衝。

「稍等……」

過了一會兒。「喂，我俞宗皓。」

「俞警官，我是蘇家硯。」蘇家硯試著按捺住情緒。

「喔，蘇醫師啊！有什麼事嗎？」

「俞警官，為什麼今天報紙上把我寫成那樣？」蘇家硯質問。

「報紙有寫啊？我不曉得耶！」俞宗皓一派輕鬆回應。

「為什麼你們能把這些都還沒有確定的事情告訴記者？」

「蘇醫師，這是受理調查中的案件，記者自己來報導又沒有違法。」

「為什麼你可以把我的身分資料都透露給記者？」

「透露？沒有沒有，我們完全對你的資料保密，那是他們自己查出來的。」

蘇家硯越聽越惱，道：「哪有可能你才剛找過我，記者馬上就知道？這當然是你告訴他的！」

「蘇醫師，這案子鬧得也不小，當然會有人知道啊！」俞宗皓說得一副理所當然，還刻意挖苦地繼續講：「而且，既然你一直都說是無辜的，幹嘛那麼緊張，還怕人家報導？」

「我本來就是無辜的！被亂寫一通，你還說我是反應過度！」蘇家硯幾乎是對著電話吼。

俞宗皓冷笑著，道：「嘿嘿嘿，蘇醫師，無辜就無辜嘛！有什麼好大呼小叫的，證據驗完不就清白了。」

蘇家硯被他的風涼話激得更是火上加油，道：「說到證據！你憑什麼說有許多關鍵證據指向我有涉案？」

「證據很多啊！第一，你的行蹤就交代不明！」

「我都跟你講清楚了，哪裡交代不明！」蘇家硯大聲回應。

「有啊！你說是十點離開醫院的，從醫院到你載走她的地方只要五分鐘左右的路程，可是她到院的時間已經是十點三十八分……」

「我不是跟你說過，我本來要去買晚餐，在停車場待過一段時間，後來我要開車回去的路上才遇到她的！」

「嘿……那是你說的，又沒有證人，只是你一面之詞啊！」

「哼，拜託！就算我沒去停車場，那前後也不過三十幾分鐘，是能幹什麼？」

蘇家硯反擊道。

「三十幾分鐘，夠你做很多事的啦！搞不好你一緊張，幾下子就……嘿嘿，也要不了多少時間……」俞宗皓輕蔑地說，語氣中充滿了猥瑣。

「這算什麼證據？光用講的就可以定罪是不是？」

「蘇醫師，咱們明人就不說暗話，查到的證據也不怕你知道。」

「我根本啥也沒做！你哪裡會有證據？」

「蘇醫師，你心裡有數啦！不要自以為聰明能把案子做得很漂亮、天衣無縫。」

蘇家硯被激得都快要失掉理智，大聲道：「你安排她來跟我對質啊！憑什麼靠幾句話就能定我罪名！你告訴我她是誰，我要看看到底是誰要陷害我！」

俞宗皓只是冷笑：「嘿嘿嘿！蘇醫師，這類案件啊！對於被害人的身分一定要保密，當然不能透露被害人的身分行蹤呀！更何況，你還是嫌疑犯哩！」

蘇家硯氣得顫抖，用力地掛上電話。滿腔怒氣，只想大聲嘶吼。

警局裡，俞宗皓掛上電話，拾起桌上的香菸，吸了兩口。蘇家硯的暴怒，反倒讓他感覺一陣欣快，那是即將擒住獵物，看著他掙扎的愉悅。俞宗皓總覺得這才是辦案中最快樂的時刻，幾乎比宣布破案時還要美好，這時刻可以盡情鬥智，可以挑釁獵物令其發怒嘶吼……無論多麼凶狠，終究要落入設下的牢籠。

他翻著手邊取得的證物與相片，得意地點點頭，吐一口菸，自言自語道：「要是能再找到幾顆藥丸，就更完美了！」

蘇家硯在辦公室裡來回踱步，氣呼呼地走了半小時，才漸漸能靜下心來思考。整個事件一直都處在各說各話的狀況，從警方的觀點看來，目前確實沒有能證明自己無罪的有力證據，若任憑他們這樣胡裡胡塗地辦下去，最後自己豈不是要背黑鍋，到時跳到黃河都洗不清。

沉思了好一會兒，蘇家硯緊握拳頭，打算為自己的清白主動出擊。「我要自己來調查清楚！」

撥打外科辦公室的電話，請了一天假後，便離開醫院。

蘇家硯坐在車子裡，打開提包外側的拉鍊，從裡頭翻出了那支粉紅色手機，是那個晚上，女孩遺落在車上的。他心裡想：有了這個，難道還怕找不到妳！

按了幾下開關，全沒反應，應該已經耗盡了電池。蘇家硯打開手機後蓋，取出SIM卡，放進自己的手機裡。開機之後，蘇家硯帶著微笑，隨即進到SIM卡的通訊錄中，卻是空空如也，看來只好從手機裡的資料來搜尋。蘇家硯駕著車來到附近街頭的一家通訊行，拿著手機進去。

「先生，您好！需要什麼嗎？」店員是位甜美的女孩，親切地點頭問候。

「不知道你們有沒有這款手機的充電器？」蘇家硯遞過手機。

店員仔細看了看，道：「這個是比較舊的型號，可能要找找看，你稍等一下，我到倉庫去翻翻。」

蘇家硯在店裡四處看，等了好一會兒，店員才出來，空著手。

「先生，這個是好幾年前的手機，都沒有貨了耶！」店員帶著歉意說。

「這樣子啊……」蘇家硯很是失望。

「先生，你很急著要嗎？我可以幫你訂貨看看。」

「是有點急，我需要裡面的通訊錄。」

「通訊錄？」

蘇家硯連忙講：「對對對……這是我女朋友的手機……因為充電器壞了，我想送支新手機，給她一個驚喜，所以要把通訊錄讀出來。」

「這樣子啊。」店員帶著笑容，轉了轉大眼睛，蹲下身來拉開櫃子的最下層，道：「不然……我們這裡是有幾個舊的充電器，測試用的，不知道有沒有符合既然還沒有比對報告，游哲賢心想：那就先來寫些追蹤報導吧！腦子裡開始構思怎麼描寫一個「醫師狼人」的成長歷程，模擬犯案的過程，還可以順便分析一下可能被用來作案的藥物，光想便覺得又是一篇精采聳動的報導。游哲賢躍躍欲試，道：「這個案子還可以再炒個兩天呢！」

警局裡，俞宗皓起身，想走一趟檢驗室，去瞧瞧有何進展，反正吃得正飽，坐著撐肚子可不舒服。才走出辦公室，在走廊上，便見周秉維迎面走來，手上拿了份牛皮紙袋。周秉維是鑑識組新來的組員，親自送報告過來。

俞宗皓開口說：「哈哈！小周，這麼有效率啊！」想到握有這份報告，罪證確鑿後，便能前往醫院拿人，不由得露出笑容。平常鑑識組的動作可沒如此迅速，能在這麼短時間便送出報告。

俞宗皓接過牛皮紙袋，迫不及待將文件取出來瞧，封面上印著「去氧核醣酸鑑定報告」。俞宗皓愉悅地翻開，才看了幾行，本來掛在臉上的笑容卻突然凍住似的。

「這是什麼意思？」俞宗皓皺起眉頭問，指著上頭的一行字「精液比對：失敗」，他又問：「什麼叫做『失敗』？」

周秉維聳了聳肩，說：「可能是細胞量過少，沒辦法有效比對。」

「為什麼會這樣？」

「有可能是採檢的量不足，或者保存運送過程受到破壞，當然也有可能那傢伙結紮過或根本就是不孕，以至於沒有足夠的細胞……」

俞宗皓火氣一下子便上來了，哪還聽得下這許多解釋。他揮揮手，不願再聽周秉維繼續說下去，拎著報告走回辦公室，用力地摔上門。

蘇家硯看看錶，時間差不多了，便走往停車場開車，準備前去會會這個陷他入罪的女主角。蘇家硯只約略曉得城美醫院的方位，卻從沒去過，上了車便在衛星導航上設定目的地為「城美醫院」，螢幕上一會兒便顯示出路線圖，預計十五分鐘到達。整條路上，蘇家硯腦子一直設想著各種可能性，也模擬著待會兒見面的狀況。

跟著導航，不多時便見到城美醫院的醫療大樓聳立在眼前，生硬的電腦語音也說：「抵達目的地，語音服務結束。」

把車駛進城美醫院的停車廣場，蘇家硯左右張望著。走入醫療大樓後，便開始尋找往手術房的指示牌，一般而言麻醉科跟手術房會安排在一塊。順著電梯來到三樓，蘇家硯在附近走了一圈，認識環境，並尋找一處適合對談的地點。

看著時間來到三點四十分，蘇家硯坐在恢復室外的等候區，仔細盯著人來人往；腦海中回想著當晚記憶中女孩的模樣，長直髮，纖瘦身材。直到時間已經過了四點，卻依然沒見到相似的身影。又等待了十來分鐘，看著每一位進出恢復室的人。

「可能有其他的出入口吧！」蘇家硯猜測。醫護人員通常會走其他入口。蘇家硯找了部走廊邊上的內線電話，按下總機的號碼。

「總機，您好！」

「您好，請幫我轉麻醉科。」

「好的，請稍待。」電話又轉進了音樂。

「喂，麻醉科，您好！」很快便有人接起電話，是個年輕的聲音。

「您好，我要找柯子亭小姐。」蘇家硯又扮起了宅急便的送貨員。

「喔……我就是。」

蘇家硯沒料到是柯子亭本人接的電話，差點兒哽了一口氣，「就是妳！」心裡激動著。

柯子亭禮貌地問：「先生，請問有什麼事嗎？」

蘇家硯用盡可能平和的語氣說：「柯小姐，您好，這裡有一份包裹是要給妳的。」

「包裹？」

「是的，上頭是留這裡的地址。」

「是什麼東西呀？」柯子亭疑惑地問。

蘇家硯回：「不知道耶！上面沒有標示。」

「喔……這樣子啊……」

「柯小姐，能不能麻煩你出來跟我拿？我就在一樓安全門這邊。」

「好，你等一會兒，我過去。」

掛上電話後，蘇家硯盯著恢復室瞧。

「吱——」電動門打開來，一個女孩走了出來，身上是寬鬆的手術服，但仍可看出她身材纖瘦，頭髮挽在髮罩裡，輕盈快步地往電梯旁的安全門走去。「是她，應該是了。」蘇家硯依稀還記得女孩的側影，只感覺心臟跳得好快，起身跟了上去。柯子亭推開安全門，順著樓梯往下走。蘇家硯隨後進到樓梯間，只見柯子亭便在前方不遠處，不禁深深吸了口氣，加快腳步。

柯子亭絲毫沒有察覺，繼續走著，蘇家硯跟在後面，腦子還思索著下一個步驟，拿不定主意，是要出聲喊住她？還是上前扣住她的頸子，問個清楚？蘇家硯只覺得腎上腺素湧上全身，幾乎都能聽得到自己的心搏。蘇家硯越靠越近，蓄勢待發，緊咬著牙，便要上前。

「砰——」突然，二樓的安全門給推開來，兩個人走了進來，是護校模樣的制服。兩個人揹著包包，有說有笑地往上樓爬。蘇家硯煞住了動作，放緩腳步，在錯身而過時，生硬地擠出了嘴角笑意，放鬆緊繃的面容。

又往下了一段階梯，蘇家硯再一次迫近，呼吸聲也變得沉重，他們之間的距離只有一臂之遙。他伸出右手要去搭女孩的肩膀。柯子亭方才已經聽到後面有腳步聲，本來沒太在意，漸漸卻感覺吐息聲就在背後，越靠越近，不禁回過頭望。

「啊！」柯子亭才一回頭，便見到一隻手衝著自己伸過來，不由得一聲驚呼，閃過身子，逃開了幾步。

「柯小姐……」蘇家硯趕緊追上。

「你要做什麼？」

「我有話要問妳。」

「你是誰？你要做什麼？」柯子亭後退著走，又離安全門近了幾步。

蘇家硯想衝上前制住她，偏偏方才已經失了先機。眼見柯子亭離門越來越近，只想緩住即將失控的情勢，把話說清楚。

「柯小姐，我有事要問妳……」

「你是誰？」柯子亭一臉懷疑的表情，繼續倒退著。

「我……」

「剛剛是你打的電話！」柯子亭認出方才對過話的聲音，又見蘇家硯空著手，一身便服，肯定不是送貨的快遞，於是質問：「是你騙我下來的，對不對？」

「柯小姐，妳不要激動，我是……」蘇家硯想要解釋清楚。

一樓的安全門這時被拉開，穿著醫師服的中年男子走了進來，柯子亭趁此刻轉

身跑了出去。中年男子看看柯子亭，又盯著蘇家硯瞧，害他心臟跳得飛快，只祈禱那男子沒看過早上的報紙。中年男子望了蘇家硯兩眼，沒多理會，便錯身往二樓去。

蘇家硯踏出安全門，只見柯子亭的身影已經在走廊的另一頭，旁邊是家便利商店，人來人往，只好嘆了口氣，大庭廣眾下是沒辦法再前去追她，更何況自己還背負著嫌疑犯的身分，若把事情弄大會更加不利。這回是失敗了，今晚要再次騙她走出恢復室大概不太可能，蘇家硯只好無奈地離開醫院。

晚上，市立醫院的外科主任王藝達正沖著澡，電話突然響起。

「搞什麼？」王藝達隨手拉了條浴巾抹了抹身體，披在身上，跨出淋浴間。

「喂。」

「阿達！我紀楊！」

「喔，老紀啊！有消息嗎？有消息了嗎？」

「今天幫你過去看了那個案子……」紀楊下午特地跑了趟鑑識組，關心目前的偵辦進度。

「進展如何？」王藝達著急地問。

「嗯……不太樂觀喔！」

「怎麼說？」
「我看過目前取得的證據，汽車後座椅墊上幾處疑似的新抓痕，而在車子的後座找到的幾根長頭髮，也證實為女孩子所有……」
「光靠這些證據足夠證明犯行嗎？」王藝達插嘴問。
「這兩樣證據的強度較弱，不過，另外還有女孩身上取得的體液……」
「化驗結果呢？」
「是有精液反應。」
「那 DNA 比對呢？」
「DNA 比對失敗了，可能是檢體方面的問題。」
「呼……這樣子喔！」王藝達吐口氣，懸在心中的大石輕了不少，他可還一直不願相信蘇家硯真有涉案。
紀楊緊接著又講：「不過，在指甲裡的碎屑樣本這方面……」
「指甲裡的碎屑樣本？」
「對啊，這是例行的採樣，因為如果事發當時有過打鬥掙扎，便可能留下證據在指甲裡……」
「這個也有做 DNA 比對？」
「是的，而且比對的結果和蘇醫師的黏膜細胞相符合。」紀楊講述了結果。
王藝達愣在浴室的鏡臺前，好一會兒才回神，問道：「就辦案的角度，有這些證據，就足夠嗎？」

「如果精液這一部分比對符合，自然是最有力的證據，綜合其他幾樣證據再搭配供詞，就有可能會被定罪……」紀楊稍微分析。王藝達只是心不在焉，雜亂的思索著。

六

「鈴鈴——鈴鈴——」鬧鐘響起時，時間接近午夜，蘇家硯按掉了鬧鐘，俐落地爬起身來，已是該出發的時刻。蘇家硯挑了套深色的裝扮，發動車子。循著下午的路線，開往城美醫院。

蘇家硯把車駛進城美醫院的停車場，這時的停車場空蕩蕩，只有零星幾輛車，應該是夜班醫護人員的車輛。蘇家硯挑了處可以看清出入口的位置，熄掉引擎。夜裡的醫院大門已經關閉，只剩下旁邊的小門可供通行，有個保全守著，管制出入人員的身分。

蘇家硯看看手錶十一點四十五分，靜靜坐著等待，這時刻周遭涼爽寧靜，也讓人能沉得住氣。正常時候，護理人員會在十二點交接班，停車場及一旁的機車棚，也都陸續有人到來。

又過了半個多小時，開始有下班的人零零星星出來，出口的保全人員都熱心地幫忙開門。蘇家硯拿起望遠鏡，緊盯著門口，靠著大廳餘下的燈光，找尋柯子亭的蹤影。下班的人陸陸續續出來，少了日間的人來人往，倒也不難辨識。

00:30 am

柯子亭換好便服，披了件薄外套，提起包包離開更衣室，夜裡麻醉科只有兩個人上班，熄掉燈火安靜的開刀房，更顯得冷清。搭了電梯下樓，穿越空蕩蕩的大廳。

「下班啦！」保全點頭打了招呼，幫忙拉開門。

「謝謝你。」柯子亭回了一個笑容。

「騎車小心啊！」

「拜。」柯子亭揮了揮手，便走進暗夜裡，順著人行步道，走向機車棚。晚風吹著略帶涼意，「呦……冷耶！」柯子亭不禁打了個哆嗦，用手拉拉外套。她住的地方離醫院十來分鐘車程，每天騎車上下班也四、五年了。想起下午樓梯間那個奇怪的男人，柯子亭不由得左右張望了幾眼，走進車棚，發動機車，騎出醫院的停車場。

夜裡的車速快，一會兒便到了住處，位在一條小巷子內，是棟五層樓的老式公寓，外牆的瓷磚斑駁。路邊已經停滿了機車，好不容易才找到位子停好車。柯子亭掏出鑰匙打開公寓大門。

突然，整個人被推進了門裡，一支手臂扣在脖子，一支大手摀在嘴上。柯子亭恐懼地睜大眼，喘不過氣。

背後一個男人的聲音說：「柯小姐，不要亂動……」

柯子亭一聽那聲「柯小姐」，便認出是下午樓梯間的男人。

「妳不要亂動，我沒有要傷害妳的意思……」鎖在喉頭的手臂放鬆了些，算是釋出善意。

「妳不要亂來，我只是要問妳問題……」蘇家硯盡可能沉著聲音講，其實一顆心也是狂亂地跳。這是挾持耶！作夢都沒想到自己會在半夜挾持一個女孩。

蘇家硯深怕又有人突然出現，低聲問：「妳住在幾樓？」

柯子亭不願回答，但是勒在頸子的手臂又收緊了些，只好用手比了個三。蘇家硯把她帶進電梯，上到三樓，命令道：「開門。」

柯子亭摸出鑰匙，轉了三圈，打開鐵門。進門後，蘇家硯又命令她打開電燈。

「我現在要放開妳，不要亂來，我不會傷害妳……」

柯子亭輕輕點頭，脖子上的手臂漸漸鬆開。被放開後，柯子亭轉過身，退後幾步，望著眼前的男人。

蘇家硯這時在燈光下，才又再一次仔細地看了柯子亭，秀麗的臉蛋，一雙眼眶已經紅了，薄薄的唇還微微顫抖著。看著她飽受驚嚇，楚楚可憐的模樣，蘇家硯不由得感到愧疚。

「你……你到底是什麼人？」柯子亭害怕地問。

「我？我就是被妳陷害的人啊！」蘇家硯想起了被刑警質問的畫面和早上報紙的新聞，又氣憤起來，說：「為什麼要陷害我？誰指使妳的？」

「陷……陷害？」柯子亭不解，說：「我又不認識你，怎麼會陷……害你？」

「妳真的不記得我？」蘇家硯盯著她的眼睛問。

柯子亭搖搖頭，無辜的表情。

「就是妳報警，控告我的啊！」

「我……」

「妳不記得了？就前天晚上發生的事啊！」蘇家硯看著柯子亭一臉茫然，想從她的表情中尋些線索，卻又不似做作，繼續問：「妳到底跟警察說了什麼？」

「我……警察？」柯子亭很努力地回想。「昨天……昨天早上，好像是警察送我回來的，不過我真的想不起來發生了什麼事……」

「前天晚上，我開車路過，看到妳在快車道中間遊蕩，就把妳送到醫院……」

蘇家硯描述了當天的情形。

「醫院？」

「沒錯，我送妳到急診室後，就離開了。」

柯子亭聽了還是一臉茫然。

「後來，妳偷偷離開醫院，還跑去報警，說我侵犯妳……」

「啥？」柯子亭驚訝地睜大眼睛。

蘇家硯繼續說：「所以，警方就跑來查我，連報紙都把我寫得一塌糊塗！」說完從口袋中掏出一張折起來的剪報，遞過去。「妳自己瞧。」

柯子亭唸著報紙，目瞪口呆。「怎麼……怎麼……會這樣子？」

「這些都是妳告訴警方的……」蘇家硯看她的模樣，實在不像作戲，漸漸也就信了。「難不成，妳是像夢遊一樣，做了這許多事，卻又全都沒有記憶？」

「我……我也不曉得……」

蘇家硯問：「妳曾經夢遊過嗎？」柯子亭搖搖頭。

「有沒有家人，還是室友跟妳提到過……類似的狀況？」柯子亭還是搖搖頭。

蘇家硯沉默了一會兒，問：「妳平常有吃什麼藥嗎？」

柯子亭點點頭說：「偶爾，上夜班時偶爾會吃安眠藥。」

「前天晚上，妳有吃嗎？」蘇家硯連忙問。

柯子亭想了想，也不敢確定。「不太記得了……那天我沒有上班，卻又睡不好，可能……可能有吃吧！」

能找到這樣的答案，蘇家硯彷彿見到一絲曙光，露出了笑容。「所以，這事件根本是因為妳吃過藥，胡裡胡塗之下報警的。」柯子亭自己也覺得難以置信，皺著鼻頭難為情地笑了。

終於了解整個事情的始末，柯子亭帶著歉意說：「蘇醫師，給你帶來這麼多麻煩，我真的不是故意的……」

蘇家硯苦笑著，但既然有了機會可以澄清，也就不再怪她。

柯子亭說：「我……我可以去向警方說清楚，這樣你就不會有事了。」

「這樣最好。」蘇家硯慘然一笑。「不過，報紙都已經把我寫成大狼人囉！」

嘴上雖然這樣說，心裡終究是放下了大石頭。

看著手中的剪報，柯子亭也尷尬地笑笑，頭低低地道歉。

「算了……反正我剛剛真的挾持過妳了，也不算是好人啦！」

柯子亭給逗得，原本紅著的一雙眼，如花似的笑了。笑過了一陣，才又問：「對了，那你怎麼找到我的？」

「妳把手機掉在我車上呀！」蘇家硯從口袋中取出了那支粉紅色手機。

「喔，原來……小粉紅在你車上啊！我想說不知道扔到哪兒去了，都找不到。」

蘇家硯把手機還給柯子亭，她開心笑著：「謝謝、謝謝、謝謝。」

「蘇醫師，請坐請坐，我去倒杯茶來！」

「不用、不用，不用麻煩了！我該走了。」蘇家硯搖著手。

「不急、不急……就當我是賠罪吧！」柯子亭說著往後頭去。

「那我先脫個鞋好了……別把你家都弄髒了。」蘇家硯有點不好意思，方才是凶巴巴地進來，自然沒脫鞋。

「不打緊的……」

坐上了紅色絨布的小沙發，蘇家硯這才有機會看了公寓裡的擺設。最醒目的是在客廳整面牆上貼了一大張世界地圖，上頭釘著許多的圖釘。柯子亭端了兩杯熱茶出來，用兩個淡黃色細緻的瓷杯盛著。

「妳一個人住啊？」

「是啊，現在是。」

「這間是租的房子？」

「嗯。」柯子亭小心的擺好茶杯。「來……有點兒燙喔！」

「在這裡住很久了？」

「很多年了，我從小時候就住在這裡，長大後工作也在附近，所以就繼續留下來。房東就住樓下，已經八十多歲囉！」

不打不相識，兩個人化解誤會後，也就聊了起來。

深夜的辦公室空蕩蕩，鑑識組這一層樓早沒了人影。俞宗皓刷卡進了檢驗科的實驗室，一長排白色的實驗桌，檯面收得乾乾淨淨，在上方櫃子裡尋了一會兒，很快便找到了這案子的檔案夾。他抽出了裡頭幾個裝證物的夾鏈袋，冷冷一笑，自言自語：「蘇家硯這傢伙，我頭一眼就看不順眼。竟然還敢來找我大小聲，哼！」

坐下來後，俞宗皓小心地抽出一支採集蘇家硯口腔黏膜的棉棒，輕輕滴上了幾

滴水沾溼。然後再抽出了採集到精液的小袋，打開來，裡頭也同樣擺著棉棒。俞宗皓慢慢地將溼的口腔黏膜棉棒擺進去，塗在在裡頭的棉棒上，邊說：「跟我說檢體不足？嘿，這樣不就足了！」

過了一會兒，待棉棒風乾後，又小心地放回夾鏈袋中，嘴裡唸著：「蘇家硯啊蘇家硯，反正強暴犯又不是死刑，如果你行為良好，要不了多少時間就能假釋啦！」接著把證物袋一一擺回了檔案夾中，又放回櫃子裡。

剛闔上櫃子的門板，突然刷卡機「逼——」了一聲，有人推門進來。

「咦？俞警官！」周秉維見到俞宗皓，很是訝異。「這麼晚還沒回去啊？」

俞宗皓故作輕鬆模樣，說：「喔，我剛剛見到你們這裡還亮著，想說是不是有人忘了關燈，便繞上來瞧瞧。」

「啊，可能是我離開時忘掉了！」周秉維抓抓頭。「真糟糕，我也是忘記帶行動硬碟回去，只好又過來拿……」

俞宗皓拍拍他的肩膀，說：「早點兒休息啊！」說完，便走了出去。

回到自己的辦公室後，俞宗皓從皮夾裡倒出了一片藥丸的空包裝殼，放進了一個夾鏈袋，然後封上了口，在上面註明了採證的時間及地點。藥片的鋁箔封膜上印著Rohypnol（註*1*）。

註*1*：*Rohypnol*，學名為*Flunitrazepam*，俗稱*FM2*，屬於強效中樞神經抑制的藥物。

七

王藝達一大早便撥了電話給劉璨院長，報告了事情的進展。蘇家硯才進醫院，就被叫到院長室，王藝達也坐在一旁。

蘇家硯關上門後，王藝達開口說：「蘇醫師，關於那個案件……」

「劉院長、王主任，這個案子應該不會有問題了。」蘇家硯連忙笑著說，要報告好消息。「我已經找到那個女孩了，她可以說明這裡頭的誤會。」

劉璨皺著眉頭，沒有言語。王藝達用凝重的神情，還是決定宣布先前討論的決議：「蘇醫師，因為整個案件仍在調查中……而且，又有越來越多對你不利的證據。」

蘇家硯插嘴道：「怎麼會……這應該只是場誤會。」

王藝達抬了手，要他不要插嘴，繼續說：「院方，希望你能先辦理休假……」

「主任！這……」

王藝達繼續說完：「要不……也可能以暫時停職做處理。」

蘇家硯對這樣的決議感到震驚。「我沒有犯罪啊！我根本什麼事都沒有做。」

王藝達道：「蘇醫師，我很想相信你……但這一切還是要等待司法調查，我們沒辦法下結論。」

「可是……」蘇家硯還要爭論。

「蘇醫師，如果你有需要，我可以替你推薦幾個律師。」劉璨緩緩地說：「這已經

是社會注目的案件，為了維護醫院的名聲，這是不得不的處置。希望你可以諒解……」

談話結束後，蘇家硯跟王藝達一道離開了院長室。

「主任，為什麼現在會做這種決定？」

王藝達看了看左右，把蘇家硯拉進一間空著的會議室，說：「蘇醫師，我真的很想相信你……不過，由警方那邊找到的證據……」

「他們能有什麼證據？我是清白的呀！」

「蘇醫師，他們在你車子後座找到她的頭髮……」

「撿到頭髮又怎麼樣？那也只能證明我載過她呀！我也的確載過她啊！」

「不過……聽說，他們還有女孩指甲裡的檢體……」

「指甲？什麼檢體？」

王藝達看著他，說：「警方從她的指甲縫中採集到一些碎屑，經過比對證明是你的 DNA。」

「我……我的？」蘇家硯訝異地說，腦子裡回憶著當晚，想起在馬路上拉扯那一段。「啊！那……那是我要帶她上車時，被她抓傷的……那時她迷迷糊糊抓的，總不能這樣就說我侵犯她呀！」

「可是，那會被認定有暴力掙扎的證據。」

蘇家硯默不作聲，皺起眉頭。

過了一會兒，王藝達又說：「而且，他們還有驗到精液反應。」

蘇家硯整個愣住了。

「蘇醫師，你要體諒院長的決定。已經有好多記者找上醫院來了，院方總是要做出決定，沒辦法一直維護你……不然，可能會把醫院的名聲都一起賠進去。」

王藝達的解釋，蘇家硯全沒聽進去，只是想著：「什麼？有精液反應？難道……」

蘇家硯垂喪著回到辦公室，事情的演變超出了他所想像，一時間又亂了思緒。

「難道這案子，真有其事……只不過是我背了黑鍋？」

「如果真有其事……」

「還是先請柯子亭跟警方說清楚……」

離開了辦公室，本來還打算向外科辦公室請個假，但想一想也就算了，反正是醫院停我的職，還請什麼假？心裡不免帶點兒賭氣。

蘇家硯開車來到柯子亭的住處，大白天裡才看清周遭的環境。仰頭看了看三樓，記得是南邊這一戶公寓，陽臺上擺著幾個盆栽，種了些花草。

「不知起床了沒？」蘇家硯嘴裡唸著，來到門鈴前。「叮咚——叮咚——」按了兩下。過一會兒，有了應答：「喂……」伴隨著對講機嘶嘶的雜音。

「子……子亭嗎？我是蘇家硯。」蘇家硯很自然地喚了她的名字，雖然算是昨晚才認識，卻有種親切熟悉的感覺，甚至都有那麼點期待。

「喔……我開門，不過要等我一下喔！」柯子亭開朗地講，按了開門鈕。蘇家硯推開門，上到三樓，在電梯口等著。

「喀啦——喀啦——」鎖給轉了開來。柯子亭順手整整剛套上的T恤，推開大門，帶著笑容道：「蘇醫師，早啊！」

「早啊！我本來還想說妳可能還沒起床，昨天害妳那麼晚睡……」

「早就已經起床了，進來吧！」柯子亭招呼著。

蘇家硯幫忙鎖上了大門，脫掉皮鞋，進到屋子，客廳裡瀰漫著烤麵包香。柯子亭笑著問：「用過早餐沒？我正在烤麵包呢！」餐桌上的烤箱正熱著，透出紅通通的亮光。

「吃過了、吃過了……謝謝。」

「蘇醫師，你今天不用上班啊？」柯子亭拉開餐桌椅請他坐下。

蘇家硯坐了下來，嘆口氣道：「唉……不用去啦！被停職啦！」

「真的？」

蘇家硯點點頭。「院長早上叫我去，說因為捲入這個案件，要我先停職，靜候調查。說這是為了醫院名聲好……」

「怎麼可以這樣？你又沒犯罪……」

蘇家硯聳聳肩。「沒辦法，我都說了，他們就是不信。」想到連自己人都把他視為罪人，實在心寒。

「沒關係，待我跟警方解釋完，再打給你們院長去！」柯子亭一臉認真，要主持正義，配上一雙炯炯有神的大眼睛，模樣著實可愛，蘇家硯不由得笑了，說：「感謝啦！還要仰賴女俠仗義相救。」

「好說、好說，等我吃過早餐有力氣再說。」柯子亭揚了揚下巴。

「咦？焦味、焦味，妳的麵包！」蘇家硯嗅到氣味，連忙提醒。

「啊……慘了、慘了！」柯子亭邊嚷著邊打開烤箱，抽出烤盤，兩片吐司已經焦了三成，臉龐露出無奈的神情。「又完蛋啦！」

「哎呀……別擔心，這還有一半能吃呢！」蘇家硯指了指還完好的部分。「我小時候最愛這樣吃，還特別香呢！」不說也罷，這麼一說反倒像是挖苦似的。

柯子亭斜了他一眼。「算了、算了！我還是先來打打電話吧！」站起身去拿茶几上的無線電話。「不知道他們上班了沒？」

「都快九點了，應該上班了吧！」蘇家硯點點頭。

柯子亭望著數字按鈕，才想起：「對耶！我要撥哪兒呀？總不能打一一〇吧！」

她連報過警這回事都忘了，更別提會知曉電話號碼。

「不知起床了沒？」蘇家硯嘴裡唸著，來到門鈴前。「叮咚——叮咚——」按了兩下。過一會兒，有了應答：「喂……」伴隨著對講機嘶嘶的雜音。

「子……子亭嗎？我是蘇家硯。」蘇家硯很自然地喚了她的名字，雖然算是昨晚才認識，卻有種親切熟悉的感覺，甚至都有那麼點期待。

「喔……我開門，不過要等我一下喔！」柯子亭開朗地講，按了開門鈕。蘇家硯推開門，上到三樓，在電梯口等著。

「喀啦——喀啦——」鎖給轉了開來。柯子亭順手整整剛套上的T恤，推開大門，帶著笑容道：「蘇醫師，早啊！」

「早啊！我本來還想說妳可能還沒起床，昨天害妳那麼晚睡……」

「早就已經起床了，進來吧！」柯子亭招呼著。

蘇家硯幫忙鎖上了大門，脫掉皮鞋，進到屋子，客廳裡瀰漫著烤麵包香。柯子亭笑著問：「用過早餐沒？我正在烤麵包呢！」餐桌上的烤箱正熱著，透出紅通通的亮光。

「吃過了、吃過了……謝謝。」

「蘇醫師，你今天不用上班啊？」柯子亭拉開餐桌椅請他坐下。

蘇家硯坐了下來，嘆口氣道：「唉……不用去啦！被停職啦！」

「真的？」

蘇家硯點點頭。「院長早上叫我去，說因為捲入這個案件，要我先停職，靜候調查。說這是為了醫院名聲好……」

「怎麼可以這樣？你又沒犯罪……」

蘇家硯聳聳肩。「沒辦法，我都說了，他們就是不信。」想到連自己人都把他視為罪人，實在心寒。

「沒關係，待我跟警方解釋完，再打給你們院長去！」柯子亭一臉認真，要主持正義，配上一雙炯炯有神的大眼睛，模樣著實可愛，蘇家硯不由得笑了，說：「感謝啦！還要仰賴女俠仗義相救。」

「好說、好說，等我吃過早餐有力氣再說。」柯子亭揚了揚下巴。

「咦？焦味、焦味，妳的麵包！」蘇家硯嗅到氣味，連忙提醒。

「啊……慘了、慘了！」柯子亭邊嚷著邊打開烤箱，抽出烤盤，兩片吐司已經焦了三成，臉龐露出無奈的神情。「又完蛋啦！」

「哎呀……別擔心，這還有一半能吃呢！」蘇家硯指了指還完好的部分。「我小時候最愛這樣吃，還特別香呢！」不說也罷，這麼一說反倒像是挖苦似的。

柯子亭斜了他一眼。「算了、算了！我還是先來打打電話吧！」站起身去拿茶几上的無線電話。「不知道他們上班了沒？」

「都快九點了，應該上班了吧！」蘇家硯點點頭。

柯子亭望著數字按鈕，才想起：「對耶！我要撥哪兒呀？總不能打一一〇吧！」

她連報過警這回事都忘了，更別提會知曉電話號碼。

蘇家硯掏出了名片，遞過去。「妳打給他吧！是這位警官承辦的。」
「俞宗皓。」柯子亭唸了名字，問：「我見過他嗎？」
「我也不曉得……」蘇家硯聳了聳肩。「我只知道他想把我關起來。」
「好吧！我跟他解釋清楚……」柯子亭撥了電話。

辦公室裡，俞宗皓翹著一雙腳在桌面上，正用分機講著電話：「郭組長啊！我是俞宗皓。」郭豐岱幾個月前剛升上鑑識組組長，人還挺謙虛和善，不太擺架子。
「俞警官，你好、你好。」
「郭組長，有件事能不能麻煩你？」
「俞警官，請說。」
「昨天，我收到一份精液比對的報告……」
「嗯……報告有問題嗎？」郭豐岱問。
「那份報告寫『比對失敗』……」
「昨天發的報告啊！好像有。」郭豐岱記得是周秉維負責的案子。
「郭組長，因為那份報告很關鍵，而且檢體應該也沒什麼問題。」
「這樣子啊……」

「不知道是不是新人做的……較沒有經驗。」
「他……應該……」郭豐岱想替周秉維說幾句話。
「郭組長，沒關係的，新人嘛！本來就需要一點時間，那沒有關係。只是能不能麻煩再幫我重做一次比對？」俞宗皓客氣地提出請求。
「這個……」
「真的很抱歉，因為這個報告非常關鍵。謹慎起見，勿枉勿縱嘛！如果是好人，也要還人家清白！」俞宗皓加重了語氣強調，這時口袋裡的行動電話響起，來電顯示著一個不熟悉的號碼。
郭豐岱遲疑了一會兒，才答應：「喔……好好，應該沒問題。不過今天案子比較多，可能要明天才能做好。」
「沒問題、沒問題，謝謝、謝謝。」俞宗皓滿意地掛上電話，心想「蘇家硯，算你走運，就容你多逍遙一天！」行動電話又響了兩聲，俞宗皓才按下接聽鍵。
「喂。」
「您好，請問是俞宗皓警官嗎？」是女孩子清脆的聲音。
「我就是。」俞宗皓猜不出是誰的聲音。
「您好，我叫柯子亭。」
「喔，柯小姐妳好，有事嗎？」
「前兩天，我有過去報案……」柯子亭一時不知如何啟齒，頓了頓才道：「關於蘇家硯醫師的案子……」

「這個啊！柯小姐，妳不用著急，儘管放心，我一定會幫妳好好處理。」俞宗皓拍胸脯說。

「俞警官，我……我不是那個意思……」

「柯小姐，該有的證據大概都已經有了，我們很快就可以去逮捕蘇家硯那小子，為妳討回公道。」

沉默了一會兒，柯子亭才說：「俞警官，我是要告訴你……這個案子可能……」

「怎麼樣？」

「可能有誤會……」柯子亭囁囁嚅嚅地說。

「誤會！什麼誤會？」俞宗皓皺起眉頭，放下桌上的一雙腳坐直身子。

「俞警官，我發現……那可能是我神智不清，迷迷糊糊下報的警……」

「妳說什麼？」俞宗皓拉高了音量。

「我是想說……蘇家硯他……應該沒有對我怎麼樣……」柯子亭越說越是小聲。

「妳在說什麼啊？」俞宗皓明顯有了火氣，道：「妳報了案，我們也受理了，現在都已經罪證確鑿，妳又打電話來告訴我『這都只是場誤會！』妳到底在搞什麼啊？妳以為報警是在扮家家酒是不是？」

「對……對不起，真的很抱歉！」

「抱歉，這種事能說兩句抱歉就算了啊！」俞宗皓越罵越凶。

柯子亭默默不敢作聲，靜靜地任俞宗皓吼了一陣。

待俞宗皓稍稍停歇，柯子亭才問：「那……那我可以撤銷告訴嗎？」

「哼，柯小姐，妳搞清楚啊！強暴案是非告訴乃論，哪裡可以讓妳說撤就撤！」

俞宗皓一聲冷笑，還刻意地一個字一個字加重語氣。

「那……那如果我告訴他們，說是我搞錯了呢？」

俞宗皓強硬地說：「柯小姐，很抱歉，那我只好用誣告來辦妳！」

「可是……可是……你不能因為誤會把他關起來啊！」柯子亭急了。

「柯小姐，妳要曉得，現在都是靠證據辦案，有罪就有罪，我們一切依法辦理！」俞宗皓說得一副義正詞嚴。

「可是……他沒有犯法啊！」

「哼，不用說這些啦！我還真搞不懂妳這個女人，那時也是妳自己報的案，現在又莫名其妙來說他沒有犯法！」俞宗皓一張嘴，越來越尖銳不留情。「怎麼？食髓知味，愛上人家啦！還是因為看人家是醫師，想要倒貼啊？嘿嘿，蘇家硯那小子是有啥『長處』？能來這麼一回合就讓妳迷了心竅，死心塌地……」

蘇家硯在一旁見柯子亭講話的臉色越來越難看，待她放下電話，便好奇地問：

「他怎麼說？」
柯子亭搖搖頭，嘟著嘴委屈模樣。
蘇家硯瞧她的表情，小心地問：「他……罵妳了？」
柯子亭眨了眨眼，收掉快溢出的眼淚，還是不語。蘇家硯發現她眼眶泛紅，也就不再追問，靜靜等著。
過了好一會兒，柯子亭抿抿脣，道：「那警察說，這種案件，不能隨便說撤就撤……」
「他說如果撤案……就是誣告，還說……」講到這裡，話音都有點哽咽，接下來那許多不堪入耳的話，也就說不出口。
蘇家硯瞧她受了委屈，心下疼惜，雖然自己也是無故捲入這些事端，但看著柯子亭傷心的神情竟比自己受誤會還要難受。
「子亭，謝謝妳幫我打電話。」
「蘇醫師，不用謝啦！我……」柯子亭頭低低的講。
「別再叫我蘇醫師，我叫家硯。」
「喔，好……這都是我害你的呀……」
「不要緊，我又沒做壞事。」
柯子亭抬起頭，看著蘇家硯，一臉認真地問：「那蘇醫師……」一時還改不了口，吐了舌頭，繼續問：「家硯，你會不會真的被抓去關啊？」語氣滿是憂心。

蘇家硯攤了手，歪著頸子講：「唉……如果被關起來了，那我家的老母就要麻煩女俠您多多照顧啦！」

「哈。」柯子亭噗哧一笑。

「只要煮飯、洗衣、拖拖地就行了！」

柯子亭白了他一眼。

「還有啊！我最喜歡吃的水果是蘋果和葡萄，如果女俠您有空再幫我送些進大牢裡來。」蘇家硯癟著嘴煞有其事地交代了心願。

「噯，說正經的啦！」柯子亭給這麼一逗，又笑開了臉。

「放心，我一定可以自己證明清白的！」蘇家硯充滿自信地說，這是他從小便有的性格，總相信「天底下沒有解決不了的事情」！帶點兒無可救藥的樂觀。一方面也是外科的訓練過程，讓他養成了「找方法解決」的態度，而非悲嘆抱怨。柯子亭瞧他說話的神情，都感受到那股自信的勁道。

「希望能夠……」柯子亭輕輕點著頭。

「妳要不要把吐司吃一吃啊？都涼了耶……」蘇家硯伸手指了指烤箱，提醒著。

兩個人又回到餐桌上，柯子亭撕下了烤焦黑的一半，說：「喏……既然你說焦的好吃，就交給你囉！」

蘇家硯接過手便要往嘴裡塞去。

「唉唷，開玩笑的啦！你還真吃勒……」柯子亭一把搶回來，橫了他一眼。

蘇家硯擺出一臉若有所失的神色。

柯子亭拍拍他的頭頂，道：「乖乖坐著，我幫你泡杯花茶去。」站起來輕快地轉身，帶著窈窕的背影走去。

待柯子亭用過早餐，兩個人各端了杯花茶到客廳沙發坐。

「為什麼他們……非要辦你不可？」柯子亭問。

「這個……」蘇家硯一下子不知該如何講起。

「他剛剛還說什麼……罪證確鑿……」柯子亭一臉疑惑。

「子亭……妳當真什麼都記不得了？」

柯子亭圓睜著大眼，搖搖頭。

「因為……警方在妳……在妳身上有採集到……採集到精液的檢體……」蘇家硯緩緩說。

「什……什麼？」柯子亭整個給嚇住了，拿著杯子的手懸著，動也不動，整個腦袋轟轟作響。過了半晌，才回過神，語無倫次地問：「所……所以……我……我……這……這是真的？」

蘇家硯誠懇地看著她的眼睛，道：「子亭，我想，在妳遇見我之前，一定是有人欺負了妳，又把妳丟在馬路上……」柯子亭的眼神茫茫望著。

「子亭，我一定會幫妳找到凶手，一定！」

「嗯……不過她不識字，所以還不曉得出了什麼事？」

柯子亭瞧出他心情低落，很是過意不去。「家硯，都是我害的……」

「別這麼說，妳才是真正的受害者啊……」

「可是，你很無辜啊！又害你家人擔心……」

「別說這些了，抓到真正的壞人，才是現在最重要的事。」

柯子亭點了點頭。

蘇家硯突然認真地看著她問道：「子亭，妳為什麼相信壞人不是我？」

柯子亭抿了抿嘴回答：「如果犯人是你，應該不會自己跑回來，傻傻地要我替你證明清白吧！」是出自單純善良的一顆心，讓柯子亭相信著蘇家硯。

經過這些個進展，柯子亭顯得有些疲累。蘇家硯道：「子亭，妳休息一下好了。我回去看一下住院病人，中午再過來找妳。」醫院裡還有五、六位病人，是前些日子動過手術的。

「好啊……你再撥電話給我。」

蘇家硯一口喝掉了剩下的花茶，振作起精神，掛起笑容向柯子亭道別。

回到市立醫院，蘇家硯在走廊上，有種沉重心酸的感覺，幾乎是被不分青紅皂白掃地出門的他，還盡責地回來探視病人，倒像是厚著臉皮來貼冷屁股。來到護理站，病房的護士也都向他打招呼，但在有意無意間，都多了點距離，那是摸不著卻能明顯感受的冰冷。他索性視而不見，也不多做解釋，翻看病歷紀錄後信步往病房走去。

「張小姐，有沒有好一點兒？」蘇家硯來到病床邊問。這是位車禍受傷的年輕女孩，因為多處肋骨骨折，導致大量血胸必須緊急動手術，術前因失血過多而休克，相當蒼白虛弱。經過緊急手術，撿回一條命。術後這幾天，恢復良好，疼痛少了，活動力也進步許多，更從加護病房轉到普通病房，算是脫離險境。

「好多了。」張小姐禮貌地點頭。

「食慾有沒有進步？」

「有啦、有啦！好很多了。」本來在椅子上的張媽媽，站起身，來到床邊搶著回答。

「胸管的量已經漸漸減少，過兩天應該就能拔掉胸管。」

「好好好！沒問題、沒問題。」張媽媽急促地應著。

「我看一下傷口。」蘇家硯說著，主護卓瓊文便拉上布簾，要幫忙翻身看胸廓上的傷口。

張媽媽揮了揮手，急著說：「免啦、免啦！今天已經換過藥，不用看了、不用看了！」

蘇家硯正不解，張媽媽繼續說：「蘇醫師，真得很感謝你的關心，不過……你最近可能會比較忙，我們就不再多麻煩你了……」狀似感謝的話語，絲毫沒掩飾那拒人千里之意。

想來也是媒體的渲染，讓「醫師狼人」的名號不脛而走。蘇家硯淡淡一笑，沒再多說什麼，走出病房。在走廊上，卓瓊文臉上盡是尷尬，小聲地告訴他：「蘇醫師，有幾位病人家屬跑去向院方反應……要求換主治醫師，所以……」

蘇家硯面無表情，冷冷看著，問：「所以，都換掉了？」卓瓊文點了點頭。

在門外，依舊能隱隱聽見病房裡張媽媽和隔壁床看護的對答。

「妳看、妳看，就是那個醫師啦！他就是新聞在報的那個醫師啦！」

「是他喔……看不出來耶！人斯文斯文，心肝這樣壞……」

「就是說呀！醫院竟然還讓他這樣來來去去，有夠恐怖！」

「唉呦！夭壽，他是妳女兒的主治醫師喔……」

「對啊！運氣實在有夠衰……妳想……我女兒在開刀房那麼久，人又都麻醉不清楚，發生什麼事，誰會知道……」

「怎麼可以這樣……」

「哼！剛剛還要看傷口！幸好我在這裡，哪有可能還讓他隨便亂來……」

蘇家硯臉色一沉，越來越是難看。救一條命，沒一聲感謝也就罷了，竟如此尖酸刻薄地胡說八道，還無知到拿自家女兒的名節來說嘴。不願再多受人糟蹋，蘇家硯掉頭離開病房。依稀還記得走廊邊角，本來有幾盆患者送給他的植栽，不知何時也都讓人撤走了。

無辜受難的清純少女配上邪惡的狼人醫師，能炒作的話題可就多了。游哲賢坐在報社的辦公桌，好整以暇翻著印好的報紙，笑咪咪地看著自己所寫的稿子。聳動的標題，成功地吸引了群眾嗜血的注目，屍體和裸體永遠都是票房保證。多家平面媒體及電視新聞的追蹤報導也讓他格外得意，他不但是頭一個報導的獨家，還能掌握新鮮熱騰騰的第一手消息來源。

敗德！狼人醫師魔爪延伸數人

〈本報訊〉狼人醫師迷途不知返

狼人醫師性侵夜歸少女的案件震驚社會，也讓該名醫師服務的醫院及附近校園的安全亮起紅燈。雖然目前蘇家硯仍矢口否認涉案。但根據調查，蘇家硯從大學時代便已居住於該地區，至今已超過十年，可能多次犯案，目前已針對近年來尚未偵破，且有類似手法之性侵案件進行清查。也呼籲被害人能勇於出面指認，以協助早日破案。

蘇家硯就讀之該知名大學，因校地遼闊，夜間大量之空教室容易成為犯罪溫床，嚴重威脅民眾及學生人身安全。對於有校友涉入性侵案件，校方表示相當遺憾，且承諾會對校園較偏僻的角落加強巡邏，並宣導學生於夜歸之時盡量結伴而行，若發現不明人士逗留時立即通報校警處理，以維護並提供學生安全的環境。

精神科醫師進一步指出，有多種可以讓人心神喪失的藥物，會出現類似夢遊的狀況，都可以在醫院裡取得。嫌犯身為外科醫師，更有可能使用針劑型之藥物，效果會更加迅速。警方已就藥物方面進行深入調查。也提出呼籲，千萬不要服用來路不明的藥物，以保護自身安全。

新聞的邊欄是幾位受訪民眾的相片，均露出嫌惡的面容，表示：「醫師竟以專業知識害人，實在卑劣，下三濫！」、「醫院有責任提供更安全的就醫環境！」

「嘿嘿，『敗德』這兩個字，下得漂亮！」游哲賢面露著笑，自顧自地誇讚著。繳出一條漂亮的新聞，讓馮輝那惹人厭的總編這兩天都沒找他的麻煩。「寫這種新聞真好，像寫小說一樣，可以高潮迭起，既精采又愉快，連颳風日曬都省了。」他開心地雙手敲著鍵盤。

蘇家硯沒精打采地回到醫院辦公室，跌坐在座位上，翻開桌上的記事本，日期欄位裡貼了一張張名條，都是預計安排開刀的患者。想到這案子，短時間內還脫不了身，當然沒辦法開刀，便打算把這些患者交代給其他醫師。

蘇家硯走出辦公室，來到走廊末端，敲了敲門，「叩叩——」

「請進！」

推了門進去，這是鐘紀恩的辦公室，他也是胸腔外科醫師。蘇家硯是學長，長了兩屆，兩人是從住院醫師時便一起工作的好兄弟。外科裡人力較缺乏，一起成長的師兄弟都有著濃厚的革命情感。蘇家硯把記事本遞了過去，說：「紀恩，這些是已經安排好要開刀的病人……」

「學長……」

「看樣子，我最近是開不了刀，就麻煩你幫忙處理。」蘇家硯擠出了笑，故作輕鬆模樣。

「學長……要不要緊啊？」鐘紀恩指的當然是鬧得沸沸揚揚的案子。

「放心啦！我又沒做虧心事，還怕了他們不成！」蘇家硯嘴上說著，卻是慘然一笑。

「學長，如果有什麼需要幫忙，儘管說……」鐘紀恩用支持的眼神看著他向來敬愛的學長，還想說些什麼鼓勵的話，卻不知從何說起。反正認識蘇家硯這麼多年，只曉得他是豪爽、直性子、刀法好又有擔當的外科醫師，所有的時間都獻給醫院了，哪還有可能會去幹這種事？

「學長，我覺得醫院這樣做實在太過分了，怎麼可以……」

蘇家硯擋下了他的話頭，說：「紀恩，現在一整票人見到我都像看到鬼一樣，閃得遠遠，你還是別出去說什麼，才不會又給扯進來……唉，反正世界就是這樣，

『日頭赤炎炎，隨人顧性命』……」天底下無論如何卑劣的政客，惹上事情的時候，總是都還有慰問支持的花籃，偏偏曾經救人性命的醫師，卻可以如此輕易卑微地一腳踢開，棄如敝屣。

「這些病人就麻煩你了……」

「學長，沒有問題，交給我吧！」

蘇家硯點點頭，走出了門。

鐘紀恩翻著記事本，看著一張張名條，嘆了口氣。只有蘇家硯還被蒙在鼓裡，其實院方早就一一將這些個病人安排給其他醫師了。

柯子亭送走蘇家硯後，便一直仰躺在沙發上，心裡思緒混亂。

「那天晚上……到底是怎麼回事？」

「為什麼……為什麼……我都不記得了？」

「真的有證據？」

「所以，真的有人……」

「為什麼……全都沒有一點印象……」

便這樣反覆想著，也不知過了多少時間。

「難道是……」在模糊遙遠的記憶裡，好像曾有過類似的感覺，朦朦朧朧、隱隱約約好像就在那兒，但一靠近又了無影蹤。

「鈴──鈴──鈴──」電話鈴響起，打斷了她的思緒。伸手接起電話，不自覺開心地想：「家硯這麼快就跑回來啦……」

「喂，你到了呀！」柯子亭問。

電話沉默了一陣子才說話：「妳好，請問是柯小姐嗎？」

「喔，我是。」

「柯小姐，妳好，很冒昧打攪。」

「有什麼事情嗎？」

「我是刑警。」游哲賢刻意壓低了嗓音說話，也放慢了速度。

「刑……刑警……」

「對，關於妳的案子，有些問題可能還需要了解一下。」謊稱是刑警的游哲賢心裡盤算著，這種案件能直接訪問到被害人還真是不可多得的好機會。

「喔，什麼問題……」

「那天晚上，妳有遭受毆打嗎？」

「好像沒有……」柯子亭只曉得自己身上一點傷痕也無。

「有沒有被迫服用什麼藥物？」

「不知道耶……」

「蘇家硯有共犯嗎？」

「這……不是蘇醫師做的。」

「不是蘇家硯做的？」游哲賢壓抑著心裡的驚訝，用平靜的語調繼續說。

「對。」

「那是什麼人做的？」

「我不知道……我都不記得了……」柯子亭感到疑惑。「這問題，我剛剛都已經告訴一位俞警官了，不是嗎？」

「喔……他剛剛去開會，請我幫他完成這些報告……」游哲賢隨便編了個理由，心下正忐忑，怕給拆穿。豈料柯子亭竟也沒再起疑：「喔……」

「所以妳完全不記得當晚發生的事？」游哲賢鬆了口氣，繼續問著。

「對，完全沒有印象。」

「那是妳自己報的案？」

「好像是吧！我真的不曉得……」

「既然妳都不記得，為什麼那麼肯定不是蘇家硯作案？」

「我……我就相信他，他是好人……」

「妳之前認識他嗎？」

「不認識。」

「見過他嗎？」

「沒有。」

「所以，妳還是覺得蘇家硯沒有犯案？」

「嗯……」

掛上電話的游哲賢對這麼一段對話的收穫大感意外，沾沾自喜之餘，都已經想好了下一個報導的聳動標題。

九

回到辦公室後，蘇家硯怔怔望著窗外，想著接下來該何去何從，總不能坐以待斃。嘆了口氣，心想：「唉，要是能證明當晚行蹤就好辦，偏偏啊！車上唯一的乘客又意識模糊……」

走到這步田地，要證明自己的清白，大概只有找出犯人；不然自己可就背定這黑鍋了。但是，如果另有犯案之人，該由何處著手，又該如何去尋？

偏偏，連自己還剩下多少時間，都是未知之數。「搞不好，明天我就會給抓走了也說不定！」蘇家硯搖著頭自言自語。

想到被刊在報紙上的相片，以及不識字老母的憂慮，心中甚是不平。為何電視上作姦犯科、存心為惡之人，都能戴頭套或打上馬賽克，以保護所謂的人權，但自己的相片卻要被如遊街示眾般刊載，為的是一條子虛烏有的罪名。曾經救過的幾條人命竟不值得讓自己享有平等人權，得遭受如此不分青紅皂白的誣衊。置身眾矢之的、千夫所指的處境，喊冤叫屈又有誰聽得進去。想到鋪天蓋地得讓人幾乎窒息的指控，心中又是一酸，但想到「為什麼認識我的人全都懷疑，而素不相識的她卻選擇相信？」心裡又有著絲絲溫暖。

理智的腦袋一直告訴自己要振作，但談何容易。蘇家硯只覺得胸口一股鬱鬱悶氣，煩得讓人作嘔。長長吁了口氣，終於站起身來，決定出去跑跑步。換上平時辦

公室裡備著的球鞋、短褲，伸展了筋骨，才終於感受到一股活力。

慢步跑出了醫院大門，看見整條人行道上一片串串鮮黃的阿勃勒，心情也跟著明亮許多。這附近的街道旁都是綠蔭濃密，慢跑起來相當舒服。往常蘇家硯會在忙完醫院的事之後，出來跑個幾圈，但最近忙著申請研究計畫，已經兩、三個禮拜沒出來運動了。跑完一段路，氣息顯得些微紊亂，便放慢腳步，調整呼吸。心思專注了，步伐也就輕了。

迎著微風，正享受著暢快呼吸的感覺，口袋的手機響起，「嘟嚕嚕——嘟嚕嚕——嘟嚕嚕——」

蘇家硯緩下腳步，深吸了幾口氣後，才接起手機：「喂。」

「喂，家硯啊！我是蔡函霖呀！」電話的那頭傳來。

「喔！好久不見……」蘇家硯頗為訝異。蔡函霖是他的大學同學，算是系上的異類，樣貌消瘦，帶點邪氣，抽菸、撞球、打麻將，是他最為人所熟悉的印象；打架醉酒，更是時有所聞。雖然大夥兒都覺得離奇，但他還是順利地畢業，考上醫師執照後，沒打算繼續住院醫師的訓練，便在美容診所幫人打打肉毒桿菌，賺賺魚尾紋的錢，過得逍遙自在。兩個人之間向來沒太多交集，這會兒突然接到來電實在挺突兀。

「家硯啊！嘖嘖嘖，你最近很有名，還上電視了呢！」依稀記得那是他一貫帶點輕挑的口吻，此時此刻聽來卻格外刺耳。

「嘿嘿……」蘇家硯不願多作回應。

「你看我夠不夠義氣，下午才看到新聞報導，就馬上打來關心你！」

「感謝啊……」蘇家硯愛理不理地應著。無端惹得一身腥也就罷了，竟然連同學都來落井下石。

「哎呀……沒關係啦！醫生這條路，遲早都會遇上這麼一遭啦！」

「嗯……」

「哼，我說過的嘛！反正人家就是看上你這種乖乖牌好欺負，打不還手，罵起來又帶勁兒！」

雖然還不曉得新聞裡又給報了什麼，但這幾句話倒是說進了心坎裡，蘇家硯長嘆一聲：「唉，是啊……」

「家硯啊！我告訴你，不要擔心啦！」

「嘿，又不是你被關……」蘇家硯心裡想，背黑鍋的又不是你，當然不用擔心。

「唉，你不要以為我是沒事打來哈啦開玩笑……」

「謝謝喔……」蘇家硯實在想趕快掛掉，不想聽這些風涼話。

蔡函霖以帶點神祕的語氣說：「這個……有辦法解決，看你有沒有興趣？」

蘇家硯停下腳步，問：「什麼辦法？」好像是洶湧波濤裡載浮載沉的人，突然捉到了什麼似的。

「我給你一個手機號碼……」

「喔，等一下……」蘇家硯摸摸口袋，偏偏一身運動服，哪裡找得到筆。蹲下

身撿了根小樹枝。「來，你說……」
「0936-992-6034」
「0936-992-6034」蘇家硯邊複誦著，邊用樹枝在地上畫下號碼。
「你打過去，就說是『蔡仔』的朋友，他就知道了。」
「他是？」
「打就對了，同學不會害你啦！」蔡函霖沒再多說，掛掉手機。
蘇家硯看著地上的號碼，迫不及待地撥了手機按鍵。

醫護宿舍裡，謝婕一覺醒來，窗外已是天色大亮。小夜班的生活就是這樣，凌晨下了班回宿舍，洗過澡便上床呼呼大睡，睡到自然醒再出門吃頓早午餐，也挺悠閒。搭電梯下到一樓，正盤算著要去吃些什麼，不料才來到宿舍大廳，便見到有人扛著攝影機，拍著一位記者模樣的中年人。
「應該是來採訪蘇醫師的案子吧！」謝婕心裡想著，然後便繞路要走出大門。
「小姐。」
「小姐、小姐。」
後頭叫了好幾聲，謝婕才意會到宿舍大廳沒其他人影，便轉過身來。那中年人招著手走來，攝影機跟在後頭。

「小姐，您好。我是張詠，鳳凰臺的記者。」

謝婕禮貌性地點點頭。

「小姐，關於這兩天有貴院醫師疑似涉入性侵案件，能不能接受我們的採訪？」張詠問。

這時攝影機已經來到面前，想躲也躲不開，謝婕便點點頭，心想：「幫蘇醫師澄清一下也好。」

「請問您認識涉案的蘇醫師嗎？」張詠開始提問，「疑似」兩個字也被省掉了。

「認識。」

「請問您對這起案件還了解嗎？」

謝婕點點頭，說：「那晚我就在急診呀！」

「哦，當晚妳就在急診室！」張詠訝異地講，喜出望外的表情像撿到寶似的。

「所以，妳有見到蘇醫師帶著被害人來到醫院？」

「有啊！」

「請問當時是怎樣一個情形？」張詠問。

「那個女孩子意識不太清楚，模模糊糊，所以蘇醫師送她到醫院來。」

「除了意識模糊以外，還有什麼異樣嗎？」

「她就好像夢遊一樣……」

「看起來有被下藥嗎？」

謝婕聳聳肩不能確定。

「有衣著不整？身上有沒有傷痕？」

謝婕都搖搖頭。

「那蘇醫師是什麼狀況？很緊張嗎？」

「好好的，跟平常一樣啊！」

「也就是說，他在犯案後，還是能保持冷靜？」

「我不覺得他有犯案呀！蘇醫師不過就是為了她的安全，所以把她送到醫院來而已。這很正常，幹嘛要一直說他作案！」謝婕在知道蘇家硯因為這事被媒體冠上了「狼人醫師」後，一直替他打抱不平，聽記者口口聲聲都是「作案」，不由得有氣。

「蘇醫師好好一個人，你們何必這樣誣衊，我相信他是清白的！」謝婕盯著鏡頭，語氣肯定，要給蘇家硯大聲的支持。

「0936-992-6034」

蘇家硯邊唸便按著號碼，明明已經停下腳步好一會兒，一顆心卻是「怦怦——怦怦——」跳得比剛剛還要劇烈。按下發話鍵，便聽著話筒。

「嘟——嘟——嘟——」不知是何方神聖，蘇家硯一顆心懸著。

「嘟——嘟——嘟——」

「嘟——嘟——嘟——」

「喂。」男子沙啞的聲音傳來。

「你好……」蘇家硯想著說詞，要自我介紹。

「是誰啊？」

「我姓蘇，是蔡仔……蔡函霖……給我這支電話。」

「喔，你是蘇家……就那個醫生嘛！」

「對、對、對……」

「蔡仔有跟我講過啦！說要幫忙『解決』事情嘛！」男子加重了語氣說：「這沒問題啦！像你這種案子，又沒有死人，好處理啦！」

「哦……」

「來，我先告訴你，看你是要來白的、黑的，還是來強的，都可以！」

「什麼意思……」

「最簡單就是找個人來替你頂，要不然就是從警方那邊下手……」

「下手？」蘇家硯皺起眉頭，漸漸明白這是和什麼人物打交道。

「對啊！我們在『裡面』有人負責啦！讓大事變小事，小事變沒事……嘿嘿，不過，這條路子，價錢比較高啦！」想來「裡面」指的是白道這一邊。

「這樣啊……」

「當然，也可以去處理那個查某啊！看她要吃敬酒還是罰酒……隨便派兩個人去，就讓她唉著叫不敢……」男子獰笑著。

「我想……」蘇家硯聽邪門歪道嘴巴不乾不淨，心下更生厭惡。

「既然你是蔡仔的同學，也都算是朋友，價錢這方面會給你算優惠一點……反正這些錢對你們當醫生的，應該算不了什麼啦！」

「感謝，我再考慮看看……」也沒打算問價碼，便急著掛掉手機。

「好好好，隨時啦！有決定就打我手機！」

把手機放回了口袋，蘇家硯道：「哼！我蘇家硯光明磊落，犯不著去使這些卑鄙下三濫的招術！」

給這麼一耽擱，跑步的興致也去了大半，便準備回去。遠遠可見到市立醫院的大樓竄出在樹梢，思及院方的態度，又是心寒，著實不願再回去平白受辱。一時間，只覺得天大地大，竟然沒一處可以容身。蘇家硯回轉過身，信步走著。

鑑識組的檢驗室裡，周秉維正忙碌著，桌上擺了件沾著血跡的外套，是昨天剛送到的凶殺案件證物。周秉維低頭仔細地檢視著血跡處，連有人走到身旁都沒有知覺。

「秉維，有一份檢體……」

周秉維抬頭瞧見是郭豐岱，連忙脫掉手套，起身說：「喔！組長，有事啊？」

「昨天是不是有發過一份精液比對失敗的報告……」

「沒錯。」

「可能要麻煩你再做一次比對。」

「組長，那一個檢體我已經做過兩回，很確定才發報告的。」

「那在做比對時有問題嗎？」郭豐岱問。

「那份檢體確實有明顯的精液反應，但是電泳一直做不出來。」

「你有試過PCR？」PCR（註1）能大量複製所需要的DNA樣本，因此只需要取得極少量的細胞即可進行比對。

「當然有啊！」周秉維道。

「這樣的話……」郭豐岱想了想才說：「哎呀！既然俞警官都特地來拜託了，我們也只好再幫他比對一次……」

「哼，那個人怎麼如此討厭啊！我都已經跟他解釋過了，自己聽不懂還要來找麻煩！」

「秉維，沒關係啦！反正比對完，我再跟他說結果一樣不就得了，總是有個交代。」

周秉維想到還有好幾件檢體要處理，仍想爭論：「可是這……」

「不用急，明天再做就行了，我已經跟他說需要一點時間。」郭豐岱拍拍周秉

維的肩膀，稍稍安撫，年輕人的情緒總是容易激動。
周秉維心不甘情不願地點了頭，嘴裡還是嘟噥著。

「叮咚——叮咚——」電鈴清脆響著。柯子亭從廚房小跑步出來，一雙手在圍裙上擦著，接起對講機：「喂。」

「子亭，是我啊！」

「好的。」柯子亭愉快地按了一樓的開門按鈕。才轉開樓上鐵門的鎖，蘇家硯已經站在門口，是跑步上來的，手上提了兩袋東西。蘇家硯笑了笑，道：「我想說，妳應該也餓了，就在這附近買湯麵過來……也不曉得妳喜歡吃哪一種，隨便就買了……」

「我……我都行啊！不過……」柯子亭露出尷尬的笑。「不過我的義大利麵也剛煮好……有一大鍋耶！」才進屋子，蘇家硯也嗅到了肉醬的香氣瀰漫，伴著淡淡酸甜的滋味。

「來，放著吧！我去拿碗。」柯子亭從櫃子裡拿出了兩個大碗，又轉身進廚房，端出兩盤熱騰騰的義大利麵。

「來吧！既然都煮好了，總是要嘗嘗看的，再看你要吃哪一種……」柯子亭笑盈盈地說：「我還會南瓜濃湯呢！可惜今天材料不夠……」

「哈哈，那午餐的湯就由我來準備！」蘇家硯把熱湯跟餛飩倒進碗裡，推到柯子亭面前，然後再替自己倒了榨菜肉絲湯，笑嘻嘻道：「嘿嘿，有湯有麵，這樣的安排恰恰好！」

「虧你想得出來……」柯子亭不禁莞爾。兩個人吃著中西式混搭的午餐開心聊著。

「妳很喜歡旅行是吧？」蘇家硯問，大口嚼著。

「怎麼說？」柯子亭眨了眨眼。

「我看客廳那張大地圖上有很多圖釘……」

「喔，那是我爸貼的。」

「哦，他去過這麼多地方啊！」看地圖上插滿的圖釘，自然是曾經去過之處的記號。

「我爸年輕時跑船，在一艘大貨輪上工作，去過好多國家。」孟買、新加坡、夏威夷、名古屋、上海、鹿特丹等，這許多大城市都有插著圖釘。

「那很精采喔！」

「我爸在我小時候，很少留在家裡，不過回來時，他就會抱我到地圖前面，說故事給我聽，再釘上圖釘……」

「我也一直想擺張地圖來釘圖釘，可惜實在太忙了，沒有時間……」蘇家硯搖搖頭，一邊呼嚕嚕地吃著。

瞧他吃成這樣，柯子亭還是忍不住問：「口味……還行嗎？」

「行行，當然行！」蘇家硯大口嚼著，邊啜了幾口熱湯，甚是滿意。

「慢慢吃，還有呢！」柯子亭瞧他吃，笑得開心。

不多時，蘇家硯很捧場地吃得一點都不剩，是這幾日來胃口最好的一天。坐在沙發上，正撐著肚子。柯子亭又去開了冰箱，說：「來，還有蘋果呢！」是方才在附近水果攤買的，削好了皮，這會兒應該已經冰涼。

註1：*PCR*，*Polymerase Chain Reaction*，聚合酶連鎖反應。

十

用過午餐，蘇家硯開了電視，想看看新聞報導把自己說成什麼德性，順便了解案子的偵辦進度。記者的動作總是比警方快個幾步。

轉了兩臺，便見到一個熟悉的面孔，正道貌岸然地接受訪問，那是醫學院的教務長，小小眼睛，削瘦臉頰，平常時候矯情虛偽的作風令人作嘔。

教務長道：「本醫學院最注重學生的人文素養，這才是成為一位好醫師的基礎，本人向來也都教導學生應該以更高的道德標準自許。蘇同學身為醫生還犯下這種惡行，實在令人痛心。」

記者問：「請問，蘇家硯於在校時期，有沒有什麼異常？」

教務長回答：「當然，會犯下這種社會案件，或許跟蘇同學單親的背景有關，因為這樣的家庭因素可能造成人格扭曲，也失去了判斷是非的理智。不過，我們相信蘇同學應該是單獨且偶發的特殊個案……」

「放屁！他連我長什麼樣子都不曉得，憑什麼說我有問題！」蘇家硯憤恨地罵了兩句。

記者道：「根據了解，蘇家硯的母親為文盲，可能也是因為如此，才會疏於管教，造成偏差行為，終於危害社會安全。」

緊接著畫面轉移到另一處校門口，蘇家硯認出是他正兼課的護校。記者道：「更加驚人的是，『狼人醫師』竟然還任教於附近的一所護理學校。」

畫面帶進了幾位同學，記者問：「同學，請問妳們認識蘇家硯醫師嗎？」

女同學笑嘻嘻地回答：「有啊、有啊，有聽說過。」

記者問：「那聽到他犯下的案件，妳們會不會害怕？」

幾個女同學誇張地抖著手腳，顫聲道：「會啊、會啊！好可怕、好可怕！」接著就嘻嘻哈哈笑成一團。

畫面最後轉換到醫院，記者口白講著：「在開刀房裡，病人都是處在全身麻醉的狀態，若是遇上如此喪心病狂的醫師，後果實在不堪設想。」電視上無聲的畫面是謝婕正接受訪問，板起臉孔講著話，一臉怒容。「以上是記者張詠的追蹤報導……」

蘇家硯臉色鐵青，早已氣得說不出話來。柯子亭按了搖控器，關掉電視，說：「家硯，別再看這些胡說八道、煩人的新聞了，我們出去走走，好嗎？」

蘇家硯甩甩頭，想甩掉電視上那些畫面。沉默了半响，說：「好啊，可是妳晚上要上班耶！」

柯子亭嫣然一笑：「我請過假了，醫院會找人代班。」

「哦，好啊！」

「那走吧！咱們散散心去。」

「啊……可是我沒有開車過來耶！」蘇家硯這才想起，剛剛是直接從醫院走過來的。

「那有什麼關係，還有我的小機車呀！」柯子亭眨眨眼，搖了搖手上的鑰匙。

蘇家硯騎著機車在路上晃呀晃著，順著一些車輛少的馬路，漸漸也離開了市區，好像這樣就能逃離紛擾。沒什麼目標，只想吹吹風，喘口氣，暖暖地感受著腰間小手傳來的支持。

沿著路邊是一大片防風林，穿過去就是沙灘，隱隱能聽到海潮的聲音。柯子亭在後座，靜靜看著路邊倒退的樹林，這時刻讓她有種厚實的安全感，那是在母親過世後這幾年，許久未曾擁有的。雖然，整個事件仍失控脫序，圍困在風暴中心的兩個人卻異常平靜。

柯子亭指著路邊的不遠處，說：「咦，那兒有一座廟耶！」那是在一棵大樹底下建起的小廟宇，邊牆已經斑駁，瞧得出頗有年歲。

「我們下去看看，好不好？」柯子亭說。

「好啊！」蘇家硯點點頭，慢下車速，轉上通往廟前的碎石小路，在不遠處停下車。兩個人走向前去，上方的匾額題著「撫我則后」，殿上主神頭戴冕旒，身材豐腴，儀態雍容，慈祥高雅，原來是座媽祖廟。這應該是討海的先人在海邊築起，祈求慈航普濟，恩庇水陸。蘇家硯仰頭看著左右木刻的對聯「大海茫茫，到無岸無邊，觀於天，天高在上；飆風發發，正可危可懼，徯我后，后來其蘇。」默念於心，只覺得胸口寬廣澎湃。像他這等每日血裡來去的人，實在不信鬼神，看著隨侍在側、容態生動的千里眼及順風耳，也都是用欣賞的角度。此刻海風徐徐，香煙裊裊，籠罩著肅穆莊嚴，心中不由得感覺寧靜祥和。

蘇家硯轉過身，只見柯子亭雙手合十，低眉垂首，正喃喃祝禱。柯子亭彎腰行禮，手上又拜了兩拜，才睜開眼，剛抬頭便見到蘇家硯盯著自己瞧，兩頰上閃過一絲紅。

「妳都求些什麼啊？」蘇家硯問。

柯子亭心想：「當然是求媽祖讓你平安度過……」但嘴上還是偏偏要說：「願望是不能告訴別人的，講出來可就沒法實現啦！」伸手把蘇家硯拉到神像跟前，道：「你也拜一拜，媽祖會保佑你的！」蘇家硯合起雙手，依言拜了。

走出媽祖廟，兩人順著碎石小道穿過樹林往海邊走。向晚的夕陽灑過一整片波光粼粼。柯子亭見到海浪，興奮地脫掉涼鞋，將鞋拿在手上，赤著腳踩在沙灘。蘇家硯跟在後頭，也脫掉了鞋襪。走過剛被海浪撫平的沙地上，留下兩排清晰的腳印。

黃澄澄的夕陽沉入海中，天上火紅的雲彩轉成紫色，逐漸暗去。蘇家硯腳一蹬，坐上了棵斜斜傾倒的樹幹，伸出手幫了柯子亭一把。不遠處航行的船隻，紛紛亮起燈火。兩人吹著海風，看天空中越見熱鬧的星辰。

「對了，我都還沒問過你是哪一科的醫師耶？」柯子亭道。

「外科啊！」

「這我曉得，次專科呢？」

「胸腔外科。」蘇家硯答。

「哦！你是胸外的呀……」
「怎麼……？」
「我最討厭胸外的刀了……」柯子亭作了個鬼臉，又笑笑說：「當然不是因為你啦！」
「那是為什麼？」
「因為我們那邊有個胸外的醫師，實在有夠討人厭！自己不會開刀，又喜歡罵助手、罵麻醉科，好像搞砸了就都是別人的錯……」
「嗯，這種醫師還挺多的。」蘇家硯點點頭，表示認同。
「本來以為這個月上小夜班，可以不用遇見他，偏偏啊！上禮拜又遇上他的急診刀，有夠倒楣。」
「什麼刀啊？」
「喝鹽酸自殺的……」
「唉，這種刀最麻煩了，整個食道都爛掉……」蘇家硯也遇過幾回，是令人相當不舒服的回憶。「而且啊！要是僥倖救活了，又會被病人怨。」
「是啊……上禮拜那個人已經是第三次喝鹽酸，第三次耶！能切的早都已經切掉了，他還重建過食道，唉……」
「還真不死心啊！」蘇家硯苦笑著。
「世間就是這麼不公平，想找死的偏有這麼多次機會去活；好人又總是被冤枉……」柯子亭仰天幽幽地說：「要是老天有眼就好了！」

蘇家硯望著天空，沒再言語，突然，腦子閃過什麼似的。

柯子亭轉過頭，只見他嘴裡喃喃唸著：「老天有眼、老天有眼……」

「哈哈哈哈，老天有眼、老天有眼！」蘇家硯跳下了樹幹，大聲笑著，一邊在沙灘上又蹦又叫，手舞足蹈。

柯子亭不曉得發生什麼事，疑惑地望著他，跟了過去。蘇家硯繞了一圈又跑回來，揮舞手臂，興奮地大喊：「哈哈，子亭，妳是天才！妳真是天才！」

柯子亭道：「我……怎麼了？」

「我找到了！我找到了！」

「你找到什麼了？」

蘇家硯拉著她的手，往回路走，開心地說：「回去再告訴妳！」

回到柯子亭的住處，蘇家硯迫不及待地拿起留在餐桌上的手機，撥了號碼。

「嘟──嘟──嘟──嘟──」撥通後等了許久，都沒人接聽，他掛掉電話，臉上略顯失望。

「家硯，你找到什麼啦？」柯子亭問。

「我找到有人可以證明我的行蹤！」

「當真？」

「應該可以……」

「誰啊？」

「現在還不能很肯定，等我問清楚了再告訴妳！」蘇家硯賣了個關子。柯子亭雖然還摸不著頭緒，但見他興奮的模樣，也替他感到高興。

晚上，蘇家硯借了柯子亭的機車回家，在這幾日的陰霾中，彷彿見到了一絲曙光。

夜裡的鑑識組檢驗室還燈火通明，周秉維看了看錶，見時間已經差不多，便放下手中的雜誌，從電泳槽中取出瓊膠片，這是今天的最後一片。將瓊膠片移至膠體拍攝系統的暗箱內，打開紫外線燈，漫不經心地等待著。嘴裡免不了嘀咕幾句：「都已經發報告了，就是有人不信，還硬要重做一次，真是浪費時間！」雖然組長交代不用急著完成，但明天還有一堆事等著，為了不延宕接下來的工作進度，只好加班把它做完。

翻完手上的雜誌，便將底片拿去沖洗。經過顯影、定影後，把底片夾著晾乾。

當周秉維打著哈欠將成品取出時，忍不住發出一聲：「咦？」他揉揉眼睛，靠近了看仔細，盯著上頭清晰的線條，周秉維滿臉訝異。「這……怎麼可能？」

都還沒天明，蘇家硯已經起床，因為興奮，一整晚都沒睡好。走到巷口早餐店，買份燒餅油條，坐下來隨便吃了。用過早點，路上的車輛漸漸忙碌。看看時間，心想：「應該起床了吧！」走回住處的路上也就撥了手機，「嘟——嘟——嘟——嘟——嘟——」

「哈囉……」手機那頭是帶點惺忪的聲音。

「梁先生，我是蘇家硯。」

「嗨，早啊！」梁鑫打起精神說話，他是車廠業務，幹這行已經十多年了。

「梁先生，抱歉啊！一大早吵醒你，我有事情要請教你。」

「沒關係、沒關係，請說。」

「你還記不記得我車上裝的那臺衛星導航？」

梁鑫頓了頓，問：「你的那一臺是……」

「從前我車子剛買的時候有裝一臺，後來壞過，所以你幫我又換成另一臺……」

「啊！對對對，有印象、有印象，是一臺新的型號。」梁鑫回憶起來後說：「怎麼？又壞了啊？」

「沒壞、沒壞。我是要問你這部導航系統，有沒有記錄軌跡路徑的功能？」

「有啊！你那部是新的型號，系統裡面為了校正準確的位置，會記錄軌跡。」

「那能夠幫我讀取出來嗎？」蘇家硯興奮地握住拳頭，只要能取得那天晚上的軌跡，就能證明自己的行蹤了。

「應該可以，不過通常裡頭只有前幾個小時的座標……」

「什麼意思？」蘇家硯突然像是被潑了桶冷水。

「因為系統裡面，只有留下一小部分的記憶體來記錄軌跡座標，然後就會被覆蓋過去。」

「只有幾個小時……」蘇家硯感覺喉嚨好像有東西卡住，幾乎說不出話來。

「嗯。」

「那如果是大前天的資料呢？」

「那可能已經被覆蓋過去了，我記得好像只會有三、四小時的紀錄。」

「有……有可能回復那些資料嗎？」

「應該沒辦法，因為都被覆蓋過去了。」

「喔，謝謝……」蘇家硯難過地掛上電話，懷抱一整個晚上的期待，像是被戳破的氣球，就這樣消失無影蹤。

十二

早起的柯子亭，吃了顆蘋果當早餐，又另外削好兩顆擺在冰箱裡。套上一件薄外套，便踩著雙拖鞋來到轉角的便利商店，挑份報紙，在店裡翻著。報紙上這些新聞還是不要拿回去，免得讓蘇家硯看了難過。翻了兩頁，便見到大大的標題。

狼人醫師蠱惑控制無知被害少女！

〈本報訊〉於日前犯案之狼人醫師仍舊否認涉案，並意圖脫罪，其手段高明，竟然能成功蠱惑被害少女，且迫使被害人出面替他辯白。謊稱狼人醫師為無辜捲入，當時是兩情相悅，且堅信其清白。該名被害人，極可能仍受到狼人醫師的控制。

專家指出，這種狀況又稱作「斯德哥爾摩症候」（*Stockholm Syndrome*），通常發生在一些情感上偏向依賴且容易被感動的人，於被挾持的過程中，被害人對挾持者產生同情與認同，甚至出現崇拜的心理，而後改為支持挾持者，甚至可能出現愛慕之意。該名被害人日後可能需要進一步的心理諮商及治療。

是否因為這種現象，讓過去的被害人不願出面，仍在深入調查中。

昨日，醫院方面特別發表聲明，已將涉案之蘇家硯醫師處以無限期停職之處分，靜候司法調查，經調查後如犯刑確定，會即刻將他革職。醫師公會也表示，會將該名醫師移付懲戒委員會，據了解最重可能廢止其醫師證書及執業執照。

警方表示，只要比對完關鍵證據，即能逮捕狼人醫師。

文章旁邊小欄位放上的是斯德哥爾摩症候小檔案：

犯罪行為的被害者在生命遭受威脅後，反而對加害者產生感情，甚至願意幫助加害者的行為。可能原因有幾點：（1）被害者感到自己生命遭受威脅；（2）因突然降臨的威脅造成的恐懼，使心理不安；（3）遭挾持期間，被害者曾經感受到加害者善意的舉動；（4）人質無法得到外界的訊息，因此被害者的觀點逐漸受到加害者影響；（5）因與加害者相處，最後相信對方行為是出自不得已的情況下，且加害者並未對俘虜造成直接傷害。

柯子亭折起報紙放回架上，氣得說不出話來。

鑑識組辦公室裡，周秉維把資料夾放在郭豐岱的辦公桌上，說：「組長，你昨天要的，已經重做完比對了。」

「喲，這麼有效率啊！」郭豐岱拿起資料夾，讚許著。

「組長，你再看一下報告……」

「沒問題，我待會兒親自送過去給俞警官，告訴他還沒做出什麼來，讓他滿意。」

「組長，這一次……好像有什麼……」周秉維囁囁嚅嚅。

郭豐岱疑惑地抽出報告，只見上頭一道道的橫線清清楚楚，和嫌犯的DNA一模一樣。「哦，這一回有結果啦！」

周秉維心裡七上八下，擔心會被責備。「嗯，對呀！真是奇怪……明明都是一樣的作法……不知道哪裡出了什麼差錯……」

郭豐岱並沒責備他，只說：「沒關係，有結果就好，你去忙吧！」拿起報告，往刑事組辦公室去。

「叩叩叩——」敲了門。

「進來。」

郭豐岱推門進去，俞宗皓正在講電話，招手請他等會兒，講了好一陣子才掛掉電話，站起身來說：「郭組長，請坐、請坐。」

「不用了，謝謝。我只是送個報告過來。」說著便遞上資料夾。

「這麼快啊！謝謝、謝謝。」俞宗皓放下手上的菸，接過開心道謝。

「應該的、應該的。」

「結果怎麼樣？」

「俞警官，這一回比對就符合了……哎呀！上回也不知道是哪裡出了問題……」郭豐岱一臉愧疚地說。「郭組長，別這麼說，沒關係啦！新人做事情總要一點時間，沒關係的啦！」俞宗皓又吸了一口菸，笑咪咪回應。

「俞警官，真抱歉啊！給你出了這樣的差錯，抱歉、抱歉。」郭豐岱拱手表示歉意。「還好您細心，不然可要誤事！」

俞宗皓揮揮手，暢快笑著：「呵呵呵，應該的、應該的，勿枉勿縱嘛！勿枉勿縱嘛！」

郭豐岱走出辦公室，反手拉上門。俞宗皓瞇著眼，滿意地看著新出爐的報告。熄掉香菸，撥了電話：「喂！地檢署嗎……我俞宗皓，請問你們今天值班的檢察官是哪位啊？對對……嗯，我要申請拘票……」

蘇家硯騎著機車，要去還給柯子亭，在路口正等著紅燈，因為車多吵雜，口袋的手機響了好一陣子才查覺。

「蘇先生，我是梁鑫。」

「嗯，怎麼了？」電話的音量小，蘇家硯要摀住另一個耳朵才聽得清楚。

「你早上有問我關於衛星導航的軌跡座標……」

「對啊！」

「我本來告訴你說，系統大概只會留下三、四小時的紀錄。」

「嗯，對啊！」

「我剛剛才想到，這三、四小時是車子處在啟動狀態下的時間……」

「所以……」

「所以只要你這幾天用車的時間不長，那大前天的資料可能還是存在的……」

「真的！」蘇家硯心裡又燃起了希望，這兩天往返醫院，用車的時間頂多也才二、三十分鐘而已，興奮地道：「那應該還在、應該還在！因為這幾天我幾乎沒什麼用到車。」

「蘇先生，這個資料要把主機拆下來，寄回原廠去解讀才行。」

「大概要多久？」

「不知道，可能兩、三天吧！你很急著要嗎？」梁鑫問。

「當然、當然，越快越好、越快越好！」蘇家硯早已迫不及待。

「行啊，那看你什麼時候能把車開過來？」

「待會兒馬上就去！」

「好，那我就在公司等你。」

「謝謝啦！」

梁鑫正要掛上電話，還不忘提醒他：「對了，你上車之後，記得先把導航的電源拔掉喔！」

「那有什麼問題。」

在公寓底下把機車停好之後，蘇家硯按了電鈴，便自己用鑰匙開啟大門，蹦蹦跳跳地上到三樓。柯子亭已經站在門口。

「子亭，我已經找到證據，過兩天應該就會有結果了！」

「嗯，那很好啊……」柯子亭說著，心裡還是悶著，在想報紙上對他的評論。

「怎麼啦？」蘇家硯察覺了她蹙著眉頭，好像有心事，試探著問。

柯子亭搖搖頭。

「身體不舒服？」

柯子亭想不出其他的理由，也就點點頭。

「那妳休息好了，我自己去處理。」

柯子亭抿了嘴，點點頭。

「喏，鑰匙還妳，我去把事情辦完，再幫妳送午餐來，好嗎？」蘇家硯希望能逗她笑笑，但心裡惦記著導航的事。

「好啊……」柯子亭擠出了一點笑容。

「那妳去休息吧！我先走了，拜。」

三步併作兩步，蘇家硯跑下樓，招了輛計程車，往市立醫院去。

在汽車保養廠裡，梁鑫找了位技師，幫忙拆下車上的導航主機。蘇家硯坐在一旁，專心瞧著，這可是能替他洗刷罪名的重要資料。

「嘟嚕嚕——嘟嚕嚕——嘟嚕嚕——」拿起手機，來電顯示著「醫院總機」，蘇家硯走到車外接聽。

「蘇醫師，我是宛寧。」手機那頭傳來醫院裡流動護士施宛寧的聲音，還夾雜著心電圖「滴——滴——滴——滴——」的聲音。

「宛寧，怎麼啦？」蘇家硯隱約能感覺到她的緊張。

「蘇醫師，你現在有沒有在醫院啊？」施宛寧緊接著說：「鐘紀恩醫師正在手術臺上，可能需要你的幫忙……」

「怎麼回事？」

「這一臺是肺癌的病人，沾黏很厲害，非常困難，現在失血量很多，鐘醫師想請你過來幫忙……喔，你等一下，鐘醫師要跟你說……」施宛寧把電話拿到手術臺邊。

「學長，我紀恩，剛剛可能是肺動脈在出血，流得很快，我現在用手壓住了，你能不能過來幫個忙？在十八房。」

「好，你撐一會兒，我馬上過去！」蘇家硯看那技師已經拆下主機，捧在手上，便進入駕駛座，說：「梁先生，我有事先走一步，有消息再通知我！」

「沒問題，我再電話聯絡你！」梁鑫幫忙關上門。

蘇家硯重重踩下油門，離開保養廠，不多時便回到了醫院。才下車，匆匆忙忙便往裡頭跑，只見電梯前還一堆人等著，他推開安全門，跑著上樓。通過長廊，來到更衣室，用識別證刷了卡，「逼逼逼——」讀卡機上閃爍著紅燈，只好又刷了一回，「逼逼逼——」紅燈又一次亮起。他皺起眉頭，再試了兩回，還是沒有動靜。看來連通行證都已經被院方取消了，他無奈地搖搖頭，只好撥電話進更衣室，請人幫忙開門。

迅速換好衣服，戴上帽子，抓著口罩便往手術房去。「十八房。」蘇家硯嘴裡唸著，深深吸了口那帶點消毒藥水的熟悉氣味。進到手術房裡，只見鐘紀恩的口罩及眼鏡上都濺了血滴，額頭上都是汗水。點滴架上掛了好幾包血漿，以及濃厚紅血球，麻醉科正忙碌著。

「學長，血流好快！我壓不住，又補不起來！」鐘紀恩語氣慌張。

蘇家硯瞥了眼監視器上的血壓及心跳，便立刻轉身去刷手。施宛寧熟練地備好了無菌衣及手套。眼看著鮮血泉湧，每一秒鐘都像一世紀那樣久，鐘紀恩感覺使力壓住出血處的右手，已經微微痠麻。

「來，我們先看清楚！」蘇家硯站到對面的位置，拾過了器械。「上4-0的Prolene（註1），給我一支長點的細頭持針器。」施宛寧轉身去拆針包，蘇家硯沉穩的語氣讓方才慌亂的刀房逐漸恢復了秩序。

拿著檢察官剛簽發的拘票，俞宗皓一臉得意，帶上兩個手下，開了車往市立醫院疾駛而去。鳴著警笛，闖過幾個紅燈，大剌剌地停在醫院的大門口。下了車，俞宗皓領著另一位員警吳閔，大步往裡頭走。搭電梯，直上醫院行政區。來到院長室，俞宗皓劈頭便向祕書說：「我找你們院長！」

「喔……請問有什麼事？」祕書客氣地問。

「我要來逮捕貴院的蘇家硯醫師，請院長幫忙找人。」俞宗皓圓睜著眼講，氣勢銳利。

「好、好……我去告訴院長。」祕書站起身來，往後頭去。

不多時，劉璨院長走出來，迎上前道：「警官您好，您要找蘇家硯是吧？」

「沒錯，這是拘票，我過來要逮捕他！」俞宗皓昂首朗聲說道。

劉璨歉歉然陪了笑，道：「警官，因為本院已經將蘇醫師停職，所以……」

「那他人在哪裡？」

「很抱歉，我實在也不曉得他人在哪裡。」
俞宗皓橫了一眼，轉身對吳閔說：「你打個電話，看他在什麼地方！」語畢把電話號碼交過去。吳閔趕緊拿手機撥了號碼。
「你們什麼時候把他停職的？」俞宗皓問。
「昨天……昨天做的決定……」劉璨看刑警來勢洶洶、十足把握，心裡不免暗暗慶幸做出停職的決定。
「調查都確定了？」劉璨問。
「嗯，罪證確鑿！」
這時候，吳閔放下電話，小聲地告訴俞宗皓：「長官，蘇家硯在手術房裡，正在開刀，說在十八房……」
俞宗皓盯著劉璨，說：「院長，你說不曉得人在哪裡？他明明是在開刀房啊！」
劉璨皺起眉，一臉吃驚道：「怎麼……怎麼會這樣？」
「院長，方不方便，帶我們到開刀房走一趟？」口裡雖似問句，其實卻是命令的口吻。
「好好好……來，這邊走！」劉璨擺了手，領頭走在前方。搭著電梯，來到開刀房的電動門外。
「院長，能夠請蘇家硯出來嗎？」俞宗皓又下了命令。
「行行，我撥個電話！」劉璨拿起牆邊的內線電話，講了好一陣子。

掛掉電話後，劉璨說：「警官，很抱歉……蘇家硯正在幫患者動刀，可能……可能要一陣子……」

「不是都已經停職了，怎麼還在開刀？」俞宗皓帶點挖苦質問著。

「這個……這個不是他的病人，他是臨時進去幫忙而已……」劉璨連忙解釋。

「既然不是他的病人，應該就可以出來吧！」

「可以，不過……可能還要一陣子……」

「院長，恐怕我們現在就要把人帶走！」俞宗皓刻意強調「現在」兩個字。

「我……我再打電話進去看看。」劉璨轉身又去。俞宗皓冷冷看著，依舊氣勢凌人。

又講了好一陣子，劉璨回來道：「警官，現在手術狀況比較危急，可能要麻煩你等一等……」

「現在是怎麼樣！要讓我在這裡瞎等，好讓他趁機逃跑是不是？」俞宗皓拉高了音量。

「不是，沒有個意思，是真的暫時沒辦法……」

「剛剛跟我說不在醫院，現在又告訴我沒辦法離開手術房！」俞宗皓瞪著劉璨。

「院長，我手上有拘票，我現在就要逮捕他！」

「可……可是……」

「開門，我自己進去找他！」

「這……這……這……」劉璨支支吾吾，拿不定主意。

「開門！」俞宗皓更大聲講。劉璨只好拿出通行證，刷過讀卡機，「逼——」一聲響後，電動門打開來。

俞宗皓大步走了進去，劉璨眼睜睜地看著。走道兩旁是一間間開刀房，上頭都標了號碼，不難尋找，一把推開十八房的門，跨了進去。

施宛寧轉過頭，見到是沒穿隔離衣的男子，大驚：「先生！你怎麼這個樣子進來？」手術臺上的幾個人，全都抬起頭來望向門口。

俞宗皓朗聲道：「我找蘇家硯！」瞧著戴口罩的幾個人，一時認不出臉孔。

「俞警官，剛剛不是已經說了，我正在開刀。」蘇家硯淡淡說了，把視線挪回手術臺，手上繼續動作，正修補著肺動脈。

「這是拘票，我現在就可以逮捕你！」

蘇家硯低著頭也不多作理會。「現在？嘿，恕難從命，病人還在流血呢！」

「哼！」俞宗皓眼見沒辦法強來，就靠在門邊，道：「我就要親眼在這裡看著，看你什麼時候跟我走！」

鐘紀恩緊張地低聲說：「學長，要不要緊啊？」

「別擔心，咱們繼續……」蘇家硯繼續忙著。「來這條線提著。」俞宗皓倒也沉得住氣，在一旁冷冷瞧著。

過了一個多小時，腫瘤已經整個取下來，止好血，放完胸管，差不多準備要關傷口。

「紀恩，剩下的交給你了。」

「學長，謝謝、謝謝。」鐘紀恩的感謝發自肺腑。

蘇家硯脫掉手套，扯掉身上的無菌衣，說：「可以走了，我去換件衣服。」俞宗皓跟在後頭，道：「不用換了，現在就走！」

蘇家硯回頭看了他兩眼，說：「換個衣服，還怕我跑了啊？」轉過身繼續向更衣室走。

「站住！」俞宗皓雙手叉腰，大喝：「你給我站住！」

蘇家硯冷笑了一聲，沒作理會。

俞宗皓幾個大步向前，「砰——」把蘇家硯狠狠推向牆壁，左手肘粗暴地架住後頸，再迅速地將手臂扭到背後。

「你做什麼？」給撞歪眼鏡的蘇家硯漲紅臉，憤怒地問。

「做什麼？嘿，當然是逮捕你！」俞宗皓掏出手銬，把蘇家硯的兩支手銬在背後。「你再囉唆，就再加一條拒捕，妨害公務！」說完才鬆開蘇家硯給扭痛的手臂。

押著蘇家硯走出手術房大門，吳閔還等在那裡。

俞宗皓道：「把他帶下去！」

「是！」吳閔來到蘇家硯身後，盯著走。

遊街示眾般，一身綠色手術衣，還戴著口罩頭套的裝束，再加上荷槍戒備的警察，這畫面立刻引來大廳裡人來人往的目光，紛紛交頭接耳，指指點點。俞宗皓趾高氣昂地走在後頭，帶著一抹勝利的微笑。

蘇家硯面無表情地走著，突然見到門外跑進一個男人，手上持著照相機，亮著閃光燈，捕捉畫面，來到面前還不停地發問：「蘇醫師，請問你還犯下幾起案件？」「請問你有沒有控制威脅被害人？」「請問你使用哪一種藥物？」「請問你的病人有沒有受害？」

吳閔拉開車門，押了蘇家硯進警車後，也跟著坐在一旁。俞宗皓坐進前座，關上了門。游哲賢笑咪咪地目送警車鳴了兩聲笛後，絕塵而去。

刀房裡靜悄悄地，誰也沒有說話。鐘紀恩右手握著氣鑽，正在肋骨上打出一排小洞，要穿過鐵絲以關閉胸腔。

「鈴鈴鈴——鈴鈴鈴——」電話響起，打破了沉默。施宛寧接起話筒，立刻便聽到傳來的吼聲：「鐘紀恩還在不在？」

「他……正在關傷口……」

「叫他來聽電話！」

「請……請問您是？」

「我是劉璨，院長！」

原來是院長大人，施宛寧癟癟嘴，作了個鬼臉，把電話拿到手術臺邊，道：「鐘醫師，院長找……」

「喔……拿過來我聽。」鍾紀恩側身湊過耳朵。

「院長，我是鍾紀恩。」

「鍾紀恩你們到底在搞什麼？為什麼還讓蘇家硯進開刀房？」劉璨劈頭便罵，方才在俞宗皓面前丟足了面子，憋著一肚子氣。

「院長，剛剛血止不住，很緊急，所以臨時找蘇醫師來幫忙……」

「你知不知道他已經停職了！」

「可是……院長，蘇醫師應該是無辜的才對！」鍾紀恩想幫忙說幾句話。

「無辜！警察都拿拘票來了，你還說他無辜！」劉璨吼得大聲。

「我想，可能……可能有……」

「不要再說了！不准再讓他進開刀房，不准！」講完「叩」一聲，用力地掛掉電話。

註：*Prolene* 是以聚丙烯製成的不可吸收線，「*4-0*」是縫線粗細的標示，「*1-0*」較粗，數字越大，縫線越細。

十二

來到警察局，蘇家硯被帶進偵訊室，一個小房間裡只擺了桌椅，天花板上的出風口「呼嚕——呼嚕——」響著，但還是吹不走悶熱。蘇家硯氣惱地坐在椅子上，看著四壁的蒼白。呆坐好一陣子，蘇家硯不耐煩地挪著屁股，只感覺褲子後方的口袋裡好像有東西壓著，坐得挺不舒服。蘇家硯轉過身子，用手去摸，摸到一根細細的小圓柱。

「這是什麼？」心裡納悶。輕輕掏出來，夾在手心，低頭細瞧，原來是支套著蓋子的針頭，看顏色是二十號的針頭。「誰放的呀？」心想可能是前一位穿這件褲子的人遺留在口袋裡的。既然自己沒本事像電影裡那樣，用根鐵絲輕易打開手銬，實在也沒什麼用途。把玩一陣，又放回褲袋裡。

這時門鎖傳來聲響，俞宗皓左手端了個紙杯進來，還騰騰冒著熱氣。蘇家硯盯著他的一雙眼，俞宗皓也不理會，微微一笑，好整以暇地拉出椅子坐，放好杯子，翹起右腳，再伸了伸腰背。

「你現在想怎麼樣？」蘇家硯咬著牙講。

「別著急，你接下來多的是時間。」俞宗皓挖苦著，邊從口袋抽出根菸點上，深吸一口。

往蘇家硯臉上吐了一陣菸後，道：「蘇家硯，想好要認罪了沒？」

「我又沒罪，認什麼？」

「不要以為你很高明，這回你跑不掉的！」

蘇家硯不說話，瞪視著他。

「說！你還犯過幾個案子？」俞宗皓重重地拍了桌子，濺出杯裡幾許熱茶。

「一件都沒有！」蘇家硯一個字一個字地講。

「呸，狡辯！」俞宗皓站起身來，兩支手臂撐在桌面，把身子前傾，以壓迫的態勢吼：「證據都擺在眼前了，還這樣嘴硬！」

叫囂一陣後，俞宗皓挺直了身子，手抱著胸，眼神睥睨，道：「看樣子，你還搞不清楚狀況！」

「你這一條罪名，至少是七年以上，最重也可以處無期徒刑，嘿嘿，就看你配合的程度……」俞宗皓走到蘇家硯身邊，道：「要是乖乖早點認罪，事情會比較好辦，不然……哼！」

蘇家硯壓抑著怒氣，盡量忍住不要把椅子砸到他頭上，一雙手握得指節發白。

俞宗皓又吸了兩口菸，道：「年輕人，自己想清楚啊！」用手拍拍蘇家硯的頭，開門走了出去。

「此號碼目前無人接聽，請於『逼——』一聲後開始留言……」

看看掛鐘，也差不多快到上班時間。柯子亭失望地掛上電話，嘟著嘴坐在沙發上，自言自語：「不是說要送午餐過來，都已經幾點了……」雖然曉得蘇家硯應該是有要緊的事，不知怎麼就是沒法釋懷。

「都三點多了，到底跑哪裡去了……也撥個電話嘛！」嘟囔著，搞不清楚這情緒究竟是掛念，還是女孩心底作怪的小脾氣，甚至已經忘記了還空著的肚子。

想著想著，又想起昨夜在海灘上，蘇家硯手舞足蹈的模樣，不由得露出笑容：「到底在興奮什麼？真是……」

俞宗皓吼完之後，偵訊室又恢復平靜。

「七年以上……嘿嘿……」蘇家硯苦苦一笑。此刻才驚覺，原來這樣一個無端的黑鍋罩下來還真是讓人不敢領教。心裡只感到深深的孤獨無助，要隻身面對一切，而這一切又隱藏在未知背後。他甚至不曉得自己要對抗的是誰？又是什麼？

「保佑？媽祖呀，妳可千萬保佑我別給判無期徒刑呀！」想起昨天在海邊的景象，有一絲甜，卻又有一絲苦，難道現下的願望已是如此卑微？

還正想著，偵訊室的門又給推開，進來一位高瘦的男人，腋下夾著文件夾，手上還是端了紙杯。不過這一回，他把紙杯放在蘇家硯面前，道：「蘇醫師，敝姓呂。

你一定累了，來來來，喝杯水！」

蘇家硯不動聲色，心想：「走一個耍狠的，換一個來扮白臉。用這種招術來叫我認罪，還真是普通呀……」

「蘇醫師，既然都是讀書人，應該比較好講道理。」呂杰一副和顏悅色的模樣。「我們也就配合一點，不要弄得大家難辦事。」蘇家硯依舊一臉木然。

呂杰又繼續道：「你這個案子，已經被媒體報成這樣，民眾都很關心，上頭的壓力也大……你就好好交代清楚，對大家都好……」

「你應該曉得這件案子，刑期可是不短，都還這麼年輕，在牢裡待一輩子多可惜啊！」呂杰搖搖頭，惋惜的口吻道：「事情已經走到這裡，就敢做敢當，好好配合，我們會替你向檢察官說些好話，或許可以……」

也不知是真心還是作戲，呂杰一臉誠懇地看著蘇家硯，道：「蘇醫師，我看你年輕有為，機會可要好好把握啊！人難免都會出錯嘛！」

好一會兒沉默，呂杰耐心坐在對面，等待著回應。

「那案子根本就不是我幹的，你要我認什麼？」蘇家硯終於開了口。

「蘇醫師，辦案子講究的是證據，有一分證據，說一分話，這些都是清清楚楚的呀！」

「證據？你們就憑著那女孩的指控，想要定我罪。但是，現在連她都已經說明這之中可能有誤會了，你們又不信，就是硬要咬著我。」

「那女孩的口供，當然重要，但我們也是參酌了其他的證據才逮捕你的呀！」

「就憑那幾個證據，就能肯定是我？」

「蘇醫師，在你車子後座有那個女孩的頭髮……」

「因為我載過她呀！」

「在女孩的指甲裡有你的皮膚碎屑……」

「那是我要帶她上車時，她不小心抓傷的！」蘇家硯反駁著。

「不過法官也會認為那是曾經遭受暴力而掙扎的證據。」

「哼！就憑這樣定我的罪，難道不會太草率！」

「蘇醫師，這些你應該也看得懂。這是在女孩身上所採集到的體液檢體，有精液反應……」呂杰打開文件夾，翻開幾頁，推到蘇家硯面前。「經過比對與你的DNA相符。」

蘇家硯彷彿受了一記當頭棒喝，背脊整個發麻竄到腳底，耳朵轟轟作響，兩隻眼睛睜得斗大，看著眼前的報告。

「蘇醫師，DNA比對都符合了，總不能還說證據不足吧！」呂杰看著蘇家硯吃驚訝異的表情，臉上頗有得意，像是在棋局上被將了一軍。

「不可能、不可能……這怎麼可能？」蘇家硯喃喃自語。

「這裡還有從你車上搜到，安眠藥的包裝，這是FM2嘛！用這種藥把人迷昏，效果應該很不錯吧！」呂杰又翻了兩頁，秀出相片。

「這……怎麼可能……這……」

「蘇醫師，你是聰明人，作案完還故意還把她送到醫院，以為這樣案子就能天衣無縫……這招術的確不賴啊！」呂杰點點頭說：「可惜，還是留下了破綻。」

「這是……栽贓，這些都是……」蘇家硯像突然掉進了濃霧中的迷宮，四周都是黑壓壓的高牆，越迫越近，讓人喘不過氣。

「你要證據，我也讓你看過了，既然人證物證都有，就不要再狡辯……」呂杰一副好言相勸的模樣。「配合一點，對你比較好。」

「給你一點時間，自己好好想清楚。」說完，呂杰就走出門去。

俞宗皓正坐在外頭，見到呂杰，問：「怎麼樣？招了沒？」

「快了、快了。」呂杰很有把握地點點頭。

俞宗皓斜眼看了看偵訊室，道：「哼！蘇家硯啊蘇家硯，看你這臭小子還能撐多久！」

坐在椅子上，只覺天昏地暗，蘇家硯驚了，也慌了。「怎麼會這樣？怎麼可能會……」腦子一團混亂，完全沒辦法靜下來思考，事情為何演變至此，根本全然沒有頭緒。突然出現所謂的證據，壓根兒是無中生有，但在這種時候，又有誰會相信？

陷在糾結的思緒裡，只覺得頭昏眼花、口乾舌燥。蘇家硯用上銬的雙手端起紙杯，一飲而盡，心裡期待那是壺烈酒，乾脆長醉不醒。「咕嚕——咕嚕——」嚥下之時，只感到兩行不爭氣的淚，熱滾滾地流下。

「此號碼目前無人接聽，請於『逼——』一聲後開始留言……」柯子亭再一次氣惱地掛掉電話，騎上機車往醫院去。迎面吹來的風，又讓她想起前一日的夕陽、沙灘，那也不知稱不稱得上是約會的約會。

「鏗鏘——」厚實的鐵門被用力地關上。

「在裡面給我好好想一想，哼！」俞宗皓隔著鐵柵欄，惡狠狠地撂下一句話後就走了。這輩子頭一回給人關進鐵籠子裡，蘇家硯拖著腳鐐「鐺鐺——鐺鐺——」走進拘留室裡，皺著眉頭，環顧四周。黯淡的光線下，小小三、四坪大的空間，更顯得陰沉。角落一處是簡陋的廁所，瀰漫著淡淡的尿騷味。左方的牆邊坐了兩個人，三十多歲年紀，右邊仰躺著一個年紀稍大的男人。見到一身手術衣的蘇家硯進來，都抬起頭打量。

蘇家硯走到柵欄邊坐下來，避開其他人的眼神。「混帳！要我認罪背黑鍋，門都沒有！」沉默地胡思亂想著，想像自己在法庭上被質問審判，想像自己被送進監牢，想到自己一頭白髮、穿著囚衣的狼狽，想到自己看著報紙不識字的母親。折騰這幾個小時，也真是疲累，那是種精神上的疲累，感覺像是給榨乾了精力。

「喂！新來的！」

好一會兒才意會到是在叫自己，蘇家硯轉過頭去。坐牆邊打著赤膊的男人正對著他喊。

「喂，你是醫生喔？」

蘇家硯面無表情，不太願意搭理。

「你穿這樣，看也知道你是醫生！」

「對啦！你是電視在報的那一個，對不對？」旁邊的男人也問。瘦瘦的尖下巴，手長腳長，猥瑣模樣。蘇家硯沒作理會，頭向後靠著冰冷的柵欄，繼續胡思亂想。

「問你話，沒聽到是不是？啞巴喔！」頭一個男人口氣明顯有了怒氣。

「喂，老大在問話，不會回應是不是？」原來瘦的這一位算是小弟，他繼續怒道：「嚇，醫生就屌是不是？」

老大哼了一聲氣：「還不是作夥關在這裡，屌什麼！」

「報紙寫說是強姦啦！沒路用的角色！」小弟嘲諷著。蘇家硯聽了有氣，卻也不願多生事端，就乾脆閉上眼睛，充耳不聞。那兩個人你一言、我一句的挑釁，越說越下流。見蘇家硯無動於衷，火氣越來越大。

「呸！進來這裡還敢給我假高尚，裝聾作啞！」老大吐了口唾液，站起身來。小弟當然要搶先一步，站到蘇家硯身邊，作勢威嚇。蘇家硯也不動作，打定主意相應不理。

「操！欺負查某人……」話還沒完，突然，蘇家硯手臂一陣劇痛，已給那瘦高的小弟踹了一腳，上手銬的雙手平衡不及，整個人向右側重重倒地。小弟上前兩步，又補上幾腳，蘇家硯縮著身子，手護住頭，背部結結實實受了幾下。小弟打不過癮，又掄起拳頭，蹲下來打。

方才的騷動，早驚動了外頭的員警，偏偏是刻意地放任，袖手旁觀。打了好一陣子，那小弟已經緩下動作，員警才靠過來，用警棍重重地敲在柵欄上，「鏗鏗——鏗鏗鏗——」發言制止：「幹什麼、幹什麼？給我回去坐好！」

小弟站起身來，又唾了兩口，才坐回到牆邊。蘇家硯掙扎著爬起身來，半邊的臉頰火熱，從上到下，骨頭像散了似的。

員警在外頭厲聲道：「蘇家硯，你給我安分一點，不要才剛來就惹事！聽到沒有？」蘇家硯狠狠瞪了員警，眼角瞥見那小弟正斜著嘴獰笑著。

在更衣室裡，柯子亭換上了手術房的衣服。因為上班時間手機沒辦法帶在身邊，在鎖上置物櫃前，又一次撥了電話。「此號碼目前無人接聽，請於『逼——』一聲後開始留言……」

躊躇了好一會兒，不知該如何開口：「家硯，我是子亭，我……你忙完了再打電話給我，我……今天有上班，你要小心喔！拜拜……」

鎖上了櫃子，一股憂慮在心頭揮之不去。

蘇家硯伸手摸了左臉頰，已疼得腫起來，抹掉流出的鼻血，這該是顴骨骨折。輕輕吸幾口氣，只感覺左邊胸壁劇烈疼痛，心裡下了診斷：「肋骨骨折，這是第幾根？第八還是第九？」撕裂一般的痛讓他憋住了呼吸。倚著柵欄，緩緩地躺下身子，只怕又觸動了疼痛。冷硬的地板，手腳又給上了戒具，姿勢怎麼擺都不對。稍稍右側躺，想舒緩左邊胸壁的壓力，但只要稍有牽動，就痛徹心腑。因為肋骨受了傷，每一次呼吸都要小心翼翼；當精神專注在呼吸上時，思路反倒逐漸清晰，能仔細分析自己的處境。

「本來還以為 DNA 比對可以還我清白，結果反倒是陷我入罪……」

「這案子一定有人搞鬼！但不會有人相信我，因為全天下只有我自己曉得證據是假的……」

「別再指望正義了，我一定得自己想辦法……」

想著想著，背後傳來腳步聲，「鏗——」鐵門被打開來。蘇家硯怕又牽扯疼痛，沒轉頭看。

「進去！」聽聲音是俞宗皓。接著有兩個人進到拘留室。

「鏗鏘——」鐵門關上後，蘇家硯感覺有人擋住了背後的光線。

「蘇家硯啊！籠子裡的滋味如何啊？」

「呦！臉上怎麼啦？受傷啦！這麼不小心啊？」

「想通了就出個聲，不要悶在心裡哦！可以談談嘛！」

背後的一陣陣冷嘲熱諷，腦子裡清楚浮現那猙獰的笑容，蘇家硯閉上眼專心吐納不予理會。

俞宗皓站起身來，道：「標仔、阿慶，這個綠衣服是醫生啦！好好給他款待款待，哈哈哈哈。」說完，狂妄地笑聲才逐漸遠去。

蘇家硯睜開眼，見到新進來那兩個人蹲在拘留室中間，正打量著自己，擺明了便是進來惹事，心裡暗想：「苦也、苦也……」

十三

法網恢恢！狼人醫師落網

〈本報訊〉震驚社會的狼人醫師一案，經過數日追查與比對，犯刑確定，警方已於醫院將之逮捕到案。

警方表示，狼人醫師狡猾冷靜且故布疑陣，又指使控制被害人，意圖替自己逃脫罪名。幸而經過精液比對，證實與狼人醫師之DNA相符，罪證確鑿。據了解，狼人醫師被捕之後還堅不認罪，相信檢方將會聲請從重量刑，本案預計可處無期徒刑。

狼人醫師之母親於記者前往採訪時才首次得知兒子的犯行，相當震驚，一度因悲傷過度而昏厥。

民眾對此案偵破均表示肯定，認為該醫師的行為令人髮指，應該受到法律最嚴厲的制裁。

游哲賢看完新聞稿，特地挑了張蘇家硯表情最憤怒的相片附上。雙手被戴上手銬，配上一身手術衣，對比強烈，相當有張力。

「嗯，差不多了……」游哲賢心想，幾天下來大家對這個案子也漸漸膩了。「抓起來，沒戲唱囉！該換換口味啦！」

拘留室裡，光線黯淡。

「欸，穿綠衣服的！」

「你不是醫生，怎麼腫得跟豬頭一樣，哈哈！」

「夭壽，被人家打喔！這樣會不會腦震盪啊？」剛進到拘留室的兩個人，擺明了來找碴。

「要是被打到頭殼秀逗，醫生要怎麼當下去啊？」

「哈哈哈，頭殼壞掉的時候，會不會本來要割盲腸，結果割成大腸啊？」方才打過蘇家硯的小弟，也加入嘲諷的行列，道：「這樣就太恐怖啦！病人醒過來發現什麼都被割掉了，連那一支也……哈哈哈哈。」一旁幾個人都跟著放肆地笑。

「醫生啊！你有沒有割過別人的鳥啊？還是你的已經被剁掉了？」

「哈哈哈哈哈哈。」

蘇家硯心知，如果不做點什麼，任他們這樣下去，那可是坐以待斃。念頭轉過，用手撐著地，掙扎著要坐起身來。因為疼痛沒辦法使上力，動作甚是緩慢笨拙。

「怎樣？醫生要爬起來去救人啦！」

「哈哈哈，我看，是要爬出去給人家救吧！」

「當心啊！大家不要遇到頭殼秀逗的醫生喔！不然……哈哈哈。」

蘇家硯用左手撐住地，騰出右手緩緩地去摸索褲子的口袋，掏出早些時候發現的針頭，夾在掌心。

「醫生，慢慢來喔！不要跌倒，又撞到頭喔！」幾個人笑嘻嘻地看著蘇家硯掙扎的狼狽樣。

好不容易坐直身子，蘇家硯慢慢換著姿勢嘗試要站起來。

「怎麼樣！不爽了，想要站起來是不是？」一個身材矮胖，頂著平頭，滿臉痘疤的男人立了起來，摩拳擦掌，恫嚇地說。

「嘿嘿，沒要緊！等站起來，我們就再讓他趴下去！」反正眼前的局面是好幾個打一個，穩操勝算，自然講得無畏無懼。

蘇家硯前傾身子，搖搖晃晃地要站起來，突然又牽動了胸壁，劇烈的疼痛讓他眼前一黑，失掉平衡，趴倒在地。

「哈哈哈哈，連爬都爬不起來，沒路用啦！」

「這個角色哪裡需要咱們動手！」

「哼！讀冊人，沒擋頭啦！」

待眼前重重黑影散去，蘇家硯兩手縮在胸前，左手拿著針套，右手小心地拔出針頭，緩緩地喘著氣。

滿臉痘疤的男人瞧他沒動靜，踩向前兩步，喝道：「幹什麼！裝死是不是？」

「嘿嘿，標仔，去踹兩腳看看，看看是死是活？」

蘇家硯咬著牙，撐住一口氣，挪動了手腳，把身體抬高些許，緊緊握住針頭，用身體的陰影，藏住了長長的針。

「你站起來啊！不服氣，要打架是不是？」痘疤男握起了拳頭，刻意發出指節的咯咯響聲，漸漸逼近，只剩一步之遙。

蘇家硯深吸口氣，把心一橫……。

「子亭，昨天上哪兒去了？」

肩頭給拍了一下，柯子亭回過頭，見到是同樣上小夜班的紀晏寧，道：「喔，我昨天身體不舒服……」

「哦！不舒服？」紀晏寧揚起眉毛說：「應該是約會吧？」

「學姐，妳別瞎說……」

「才沒瞎說呢！我看妳今天都一副心神不寧的模樣，還會偷偷微笑！嘿嘿，子亭妹子終於遇上有情郎囉！」

「也……也不算是啦！」柯子亭不擅長說謊，才一句話就不打自招。

「沒關係！有機會帶來瞧瞧，讓姐姐們幫妳鑑定、鑑定哦！」

「學姐，不要亂說啦！」

「有對象可是好消息，難不成子亭妹子一個美人兒要擺家裡欣賞啊！」紀晏寧拐著彎誇獎她。

「是哪個人這麼好福氣呀？」紀晏寧追問著。

柯子亭低著頭，臉頰的紅爬上了耳根，藏都藏不住。

才一使勁，針頭就刺進了胸膛，直沒入底。雖然只是一瞬間，蘇家硯還是清晰地感受到細細的針頭刺入皮膚，通過肌肉層，穿透肋膜，扎在肺臟上頭。左側胸壁的劇痛，讓針刺顯得微不足道。蘇家硯試著深吸了幾口氣，是為了讓針頭在肺臟上戳出夠大的破洞。空氣由針頭鑽進了胸腔，肺臟上的小洞也隨著每一次呼吸，洩出一點一點的氣。這麼一使勁，又讓蘇家硯癱趴在地上，只有背部微微地起伏。

痘疤男用腳踢了踢蘇家硯，瞧他沒有動作，哼的一聲，退了回去，心下有點害怕，嘴上還是硬說著場面話：「沒要緊，讓他喘一下，再來修理！」

「沒路用！」其他人罵一罵，也覺得無趣，漸漸閉上了嘴。

當空氣聚積充塞在胸腔裡時稱為氣胸，這會讓肺臟慢慢無法擴張，而塌陷。如果空氣持續進入胸腔，便會影響呼吸。

蘇家硯吸了幾口氣，感覺胸口有點兒悶，鬱鬱地不順暢，便拔出了針頭，套回套子裡。他曉得再過一陣子，氣胸的狀況惡化，呼吸變喘後，他就可以被送到醫院，脫離此地。他估計著時間，一個小時？還是兩個小時？因為那針頭口徑不算大，造成的氣胸進展也會較緩慢。

趴了一陣子後，蘇家硯緩緩轉過身子平躺在地。他一張臉沾著沙塵血跡，慘白如死灰一般。旁邊幾個人，怕把他搞死，也就不再弄他。

就這樣靜靜躺在柵欄邊，蘇家硯專心觀察著自己的呼吸，那股鬱悶的感覺越來越明顯，不由得感到一絲欣喜。

俞宗皓用過晚餐，坐在局裡泡著茶，看完電視新聞，便起了身，往拘留室去。

「蘇家硯，想通了沒呀？」黯淡的光線下，見到蘇家硯一身狼狽，俞宗皓邪邪笑著說：「要不要再出來談談啊？」

等不到蘇家硯的回應，就蹲下身子繼續說：「如果嘴硬，不談也是可以。你就先在這裡待二十四小時，享受享受！」

俞宗皓這時才瞧見蘇家硯起伏的胸膛和急促的呼吸，不禁皺起眉頭，道：「蘇家硯啊！你幹嘛？演戲啊？不要以為裝裝病就可以出來，這些把戲我看多啦！你還是省省力氣哦！」蘇家硯已經感到呼吸越來越困難，每一次喘息又都牽動著痛，實在說不出話，更不願在俞宗皓面前示弱。

俞宗皓冷冷一笑，道：「兔崽子，跟我鬥！你還早啦！明天見啊！」語畢，便走了出去。

又待了一陣子，蘇家硯驚覺氣胸惡化的速度超過自己想像，不久前還只覺得悶，這會兒連呼吸都已經感到費力。一直喘，卻好像吸不到半點空氣。當氣胸持續時，會在胸腔裡充滿空氣，導致一側的肺臟完全塌陷，甚至也會開始壓迫縱隔腔及對側的肺臟，形成所謂的「張力性氣胸」。由於位在縱隔腔內的心臟和上下腔靜脈在受到擠壓後，血液的輸出和回流受到影響，使得心跳血壓逐漸不穩；再加上對側肺臟也無法順利擴張交換氣體，便會導致立即的生命危險。蘇家硯摸了自己的手腕，脈搏既快且微弱。掙扎著想要爬起身來呼救，結果才一使力便頭昏眼花，只好又躺回地上，讓血流能送達腦部，才能維持意識清醒。

轉過頭想找人幫忙，方才耍狠的那幾位，這時坐得遠遠，驚疑地望著。平時打架鬧事沒問題，突然見到活生生的人喘成這樣，都嚇壞了，逞凶鬥狠的慾望早消失無蹤。

蘇家硯試著用手銬去敲柵欄，希望能製造點聲響，吸引外面的人注意。偏偏使上了全身的勁，也只能無力稀落地敲擊。清晰可聽到門外有人交談，卻彷彿遙不可及。只覺得自己越來越沒氣力，好像給鎖住了喉頭，張開口也只能聽到「嘶嘶」的聲音。

蘇家硯想要用針頭再次扎進胸膛，來釋放聚積在裡頭的空氣，這是緊急狀況的急救辦法，但方才敲打柵欄時，針頭已不知遺落何方。

「原來……我蘇家硯的下場竟是這樣……」心裡悽然一笑。「嘿嘿……不過和老死在牢裡相比，倒還痛快……」

「既然天下都當我是大壞蛋，欲除之而後快，這樣便死也順了大家的意……」天大地大，孤家寡人一個，走到這步田地，也只牽掛著老母一個人。盯著天花板的眼，視野漸漸昏暗，感覺呼吸慢下來了，重重壓在胸口的不適，漸漸消失。「子亭……妳會當我是壞蛋嗎？」喃喃唸著，微微顫動的唇漸漸止住。

麻醉科恢復室裡，趁著空檔，紀晏寧又靠到柯子亭身邊問：「欸，你們是在哪裡認識的啊？」

「在……在醫院認識的……」柯子亭實在不曉得怎麼回答，總不能說是被挾持才認識的。

「唔，是哪一科的呀？」

「外……外科……」

「外科！哎呀！好妹子，妳怎麼會跟外科醫師在一起啊？」紀晏寧訝異地說：

「外科醫師都那種脾氣，妳受得了啊？」

「小聲一點啦……」柯子亭急著阻止她繼續嚷嚷，道：「他……不太一樣。」自己也說不出道理來，雖然相處的時間不長，但就是覺得蘇家硯和其他暴躁無禮的外科醫師不一樣。

「是我們醫院的？」

「不是。」柯子亭搖搖頭。

「認識多久啦？」

「這……這個……」柯子亭吞吞吐吐，突然找到了脫身的好理由，道：「欸，學姐！時間差不多了，我要送病人回去，回來再說、回來再說。」語畢，就轉身匆匆忙忙跑開。

這天夜裡，吳閔留在警局待命，正翻閱雜誌，突然聽到拘留室傳來「鏗鏗鏗——鏗鏗鏗——」的吵雜聲。

「喂！趕緊來喔！來人啊！趕緊來喔！」

跳起身來，吳閔抓起警棍，跑步過去，邊罵道：「給我鬧什麼事啊？混帳！」

進到拘留室，只見那位瘦高的男人正在柵欄邊大聲呼叫。

「吵什麼吵？給我閉嘴！」吳閔掄起警棍，作勢要打。

那男人指著地上的蘇家硯，急急忙忙道：「老大，那個醫生不喘氣了！不喘氣了！」

吳閔蹲下身子，看著動也不動的蘇家硯，邊對著外頭大聲喊人幫忙，邊用警棍往裡邊戳，但蘇家硯動也不動。

吳閔趕忙拿了鑰匙，邊向拘留室裡喝道：「退後！都給我退後！」見到外邊跑進來兩個同事，才上前開鎖。

留下一個人戒備，兩個人進到拘留室裡。吳閔身手探了探氣息，驚慌地道：「沒氣了、沒氣了！快快，抬出來、抬出來！」一前一後把蘇家硯拖出拘留室，邊喊道：「快叫救護車！快叫救護車！」

另一個員警道：「來不及了！來不及了！我們直接載去醫院。」「對對對，快！」

三個人手忙腳亂將蘇家硯送上了巡邏車，鳴起警笛，急駛而去。

十四

急診室診療區裡，醫師譚品澤正在幫一個出車禍的酒鬼縫合額頭上的撕裂傷。

一輛警車飛快地闖進車道，「唧——」緊急煞停在急診室大門口。檢傷區的護士謝婕趕忙起身查看，只見警員吳閔衝下車，用力招著手，喊道：「趕快、趕快！沒氣了、沒氣了！」

謝婕拉了張床，跑出門去。兩個員警正把蘇家硯拖出車外，一使勁把他拋到床上。吳閔邊幫忙推床，邊說：「他剛剛在我們局裡昏倒了，發現時已經沒氣！」

進到急診室，謝婕低了頭要探探生命跡象，突然大驚：「蘇醫師！」雖然臉上沾了塵土血漬，多了手銬腳鐐，卻還是認得他。見他面容慘白，失去意識，趕忙往急救區衝，一邊大喊：「譚醫師，OHCA！OHCA！OHCA！（註1）」

譚品澤聞聲，立刻放下手上的針線，跑過來。低頭一看，也是大驚：「學長！學長！」右手去搭頸動脈，斷斷續續仍有著脈搏。「還有心跳！」

「準備插管！」譚品澤迅速站到頭側，接過氧氣面罩，罩在蘇家硯臉上。謝婕拉開急救車的抽屜，拆開一根氣管內管。

在推床上這一陣顛簸，臉上又給用力地蓋上面罩，讓蘇家硯迷迷糊糊地睜開眼，稍微動了右手。

「學長、學長，我是品澤，我先幫你插管！」

只見蘇家硯還是掙扎著右手，想要表示些什麼。譚品澤拿開氧氣面罩，看著學長的嘴唇微微在動，連忙低下頭把耳朵靠過去。

「氣……氣胸……右邊……右……」氣若游絲的蘇家硯，勉強擠出幾個字。

譚品澤看著學長的眼睛，問：「氣胸？右邊？」只見他輕輕點著頭。

「給我一支針頭！消毒！」

拿起剪刀，剪開蘇家硯上身的手術衣，譚品澤接過消毒液和空針，稍微摸了幾根肋骨，消毒過後，立刻由肋骨上端扎入針頭。「嘶——」一陣空氣湧出。

「咳咳咳咳！咳咳咳！咳咳咳！」在劇烈的咳嗽後，蘇家硯的呼吸逐漸趨於和緩平順，臉色也逐漸恢復血色。緩緩調整了氣息，才終於張開眼睛。

「蘇醫師，你還好吧？」謝婕站在床尾，關心地問。

「好……好多了、好多了……」蘇家硯點點頭，道：「幫我打一劑止痛，準備胸腔引流包，24號胸管！」

謝婕見他醒來，又恢復了過去吩咐醫囑那種沉穩的口氣，甚是欣喜，轉身去抽藥水。

「學長，怎麼……氣胸這麼厲害？」

蘇家硯搖搖頭，苦笑說：「幫我放支胸管，沒問題吧！」

「沒……沒問題！」譚品澤挺起胸膛，拿出值得學長信任的精神回答。蘇家硯忍著痛，慢慢地把身子調整成左側躺，擺了一個合適的位置。

摸胸壁數著肋骨，定好要下刀的位置。想到要在學長身上插胸管，譚品澤還是稍微忐忑。

蘇家硯見他額頭上都已經發汗了，微微一笑，出言道：「品澤，別緊張！該怎麼做就怎麼做，我不會哭鬧的。」

順利插完胸管，謝婕拿件薄被過來讓蘇家硯蓋上，瞧他滿臉髒汙，便轉身去取紗布，沾溼了幫忙擦拭。

「謝謝妳。」蘇家硯忍著傷口的刺痛道謝。身在熟悉的環境，感覺舒坦許多。謝婕沒多問案子的事，臉上帶著笑容給他支持。

都安置妥當後，蘇家硯被推到觀察區，鐘紀恩接到通知後，已經來到急診。

「學長，還好嗎？」突然見到學長上著手銬、腳鐐，鼻青臉腫，甚是不平：「怎麼會搞成這樣？」

蘇家硯搖搖手，道：「不要緊，我沒事了。」

鐘紀恩彎下腰，看著放在床下的胸瓶，正隨著呼吸冒出陣陣氣泡，道：「漏氣還挺厲害耶！」

「沒關係，過幾天應該就沒問題了。」蘇家硯曉得，肺臟上的小破洞應該能漸漸癒合。

兩人正說著話，突然有人遠遠地喊：「蘇家硯，你給我搞什麼鬼！」俞宗皓一臉氣呼呼走了過來。

「你不是說已經沒氣了！」站在床尾的俞宗皓，轉過頭質問吳閔：「怎麼現在人好好的！」

「沒……沒氣……那……那是我們發現他的時候……送來醫院就……就醒過來了……」吳閔支支吾吾，講不清楚。

「這傢伙詭計多端，你們這麼簡單就給騙了！」

「不……不是……真的……是真的……」

俞宗皓回過身，雙手插腰，道：「既然醒了，那就給我帶回去。」

「是……是……」吳閔嘴上應著，卻不知該如何動作。

鐘紀恩見俞宗皓氣勢凌人，心裡有氣，大聲道：「他今天不能離開。」

俞宗皓瞧他一身便服，眼神睥睨地說：「哼！你是誰啊？」

「我是他的主治醫師。」鐘紀恩毫不退讓。

「這是我的犯人，是重刑犯！意圖脫逃，當然要立刻帶走！」俞宗皓揚起下巴。

「這是我的病人，因為張力性氣胸被送到醫院，剛剛放上胸管，有生命危險，需要進一步的治療，當然不能讓你帶走！」

俞宗皓搞不懂那些個專有名詞，不知該作何反駁，只冷冷笑了一聲。他看了看蘇家硯身上的管路點滴，曉得這回無法硬來，便對吳閔說：「回去派人來給我好好守著！」

臨走時，惡狠狠地撂話：「蘇家硯，不要以為你能躲多久！以後我們再好好算這一筆！」

蘇家硯淡淡一笑，不予理會。

「待會兒幫你辦住院，這幾天就留在醫院裡，他們不能對你怎樣！」鍾紀恩交代讓蘇家硯住進單人房，能不被打擾，好好休息。

「謝謝，麻煩你了！」雖然手腳還都給上了戒具，警局也安排人在病房門口全天候看守著，但終究還是能嗅到自由的空氣。

「學長，如果有需要什麼，別客氣，儘管告訴我。」

「嗯……你撥個電話給我媽好了，跟她說我很好……不要擔心……」

過了午夜十二點，柯子亭交接班完，迫不及待地回到更衣室。失望地看著手機，依然沒有回電。「出了什麼狀況啊？」柯子亭蹙起眉頭，悶悶不樂。

紀晏寧不知何時來到身後，瞧她愣愣地發呆，道：「妹子，怎麼？等電話？」

「沒……沒有……」柯子亭放下手機。

「才幾個小時沒見，就這麼想念啊？」

「不……才不是……」

紀晏寧笑了笑，也就不再逗她，道：「好啦！早點回家去，騎車小心喔！」
柯子亭點點頭，心裡默默想：「可能是鎖在櫃子裡，收訊不好吧……」

上午八點多，鐘紀恩來到病房，跟守在走廊的員警打過招呼，推門進去。那員警見他穿著醫師長袍，沒多問話。

「學長，早啊！」

「早啊！」蘇家硯已經醒了，正用著早餐。

「睡得還好嗎？」

「還行……」指了指鎖在病床上的腳鐐，道：「雖然有這個挺討厭，不過還睡得著。」

俯身看看胸瓶，氣泡還是一陣陣地冒，鐘紀恩帶著笑容道：「漏氣仍滿多的，你還可以住好幾天呢！」瞧蘇家硯臉上的瘀腫稍有消散，顯得精神許多。

鐘紀恩回身望了望房門，湊過身子低聲問：「學長，你怎麼會突然氣胸，是他們……」

搖搖頭，蘇家硯神祕地一笑，說：「憑他們？哪可能有這種能耐啊！」

「喔！難不成是你自己……」鐘紀恩揚起眉毛問。

蘇家硯沒正面回答，道：「再繼續待在裡頭，肯定被他們搞死……」
鐘紀恩嘆了口氣，他見過X光片裡蘇家硯斷掉的肋骨，以及被送到醫院時的鼻青臉腫，多少也猜出發生了什麼事。
「紀恩，你信我不信？」蘇家硯正色問。
「學長，我當然相信你啊！」
沉默了半晌，蘇家硯道：「我是被陷害的。」
「你有告訴檢察官嗎？」
「沒用的！證據全都指向我頭上，說也不會有人信……」
鐘紀恩專心聽著，沒作聲。
「你能不能幫我借本病歷？」
「好……好啊！沒問題，有病歷號嗎？」
「你到急診室找謝婕，她知道我要找哪一本，今天小夜班她應該會上班。」
鐘紀恩點點頭，轉身正要離去。走到門邊，突然又回過頭，道：「學長，昨天那臺刀……真的很謝謝你！」
「別客氣，沒事就好！」蘇家硯笑著搖搖手。鐘紀恩才輕輕地帶上了門。

窗外的陽光透進來，房間裡充滿了暖暖的明亮，淡鵝黃色窗簾是柯子亭自己挑選的。她躺在床上，睜著一雙眼，昨晚翻來覆去睡不好，這會兒，又醒過來。拿起手機滿心期待地撥了號碼。偏偏，這一回連響都沒響，冷冷的電子聲音傳來：「對不起，此號碼未開機，請稍後再撥！對不起，此號碼未開機……」

放下手機，怔怔地望著窗簾隨風輕輕飄揚。

鐘紀恩換好手術衣，走在兩排開刀房的通道上，被熟悉的聲音叫住，轉過頭，見到王藝達正在刷手。

「嗨！主任，早啊！」鐘紀恩停下腳步。

「紀恩，你今天有沒有看到報紙，報導說蘇家硯已經被逮捕了。」

「有啊，我知道他被逮捕，不過他現在又回醫院來啦！」

「啥！又回來醫院？」

「嗯，昨晚他在警察局裡昏倒，被送回來的。」

「昏倒！怎麼回事？」王藝達吃驚地停下手上的刷子，留著一手臂泡沫。

「張力性氣胸，還滿嚴重的，差點就OHCA……」

「現在、現在呢？」

「昨天在急診放胸管，已經好很多了，目前住在病房。」

「怎麼會突然……？」

鐘紀恩聳聳肩，沒多說什麼。

「需要動手術嗎？」氣胸的狀況如果持續，最後便會需要手術治療。

「應該不需要，不過可能要住院幾天。」

「那就好、那就好……」王藝達鬆了口氣。

思索了一會兒，鐘紀恩壓低了音量說：「主任，學長跟我說這案子，他是給栽贓的。」

「栽贓？」

「事情我也還不清楚，不過學長要我替他查本病歷……」沉默了一陣，鐘紀恩才接著說：「主任……我不知道院方怎麼想，不過，我相信學長是清白的。」

「唉，希望如此……」王藝達嘆了口氣，道：「不過好像有幾個證據都指向他涉案……不曉得，唉……」搖搖頭，才繼續沖掉手上的泡沫，走進開刀房。

用過醫院營養部提供的午餐，蘇家硯望著窗外發呆，既然給銬在床上哪兒也去不成，索性便闔上眼小睡片刻。稍早打過一劑止痛藥，肋骨的疼痛已經獲得緩解。平常工作總是忙碌，不習慣整天躺著，一時也入不了眠。翻呀翻著，不知過了多久。模模糊糊間，依稀聽到房門被打開來，有腳步聲。心想外頭有員警守著，能進來的應該是護理人員吧！輕輕的腳步聲在床邊停了下來。

蘇家硯睜開近視眼，朦朦朧朧見到長長的白色醫師袍，伸手拿起眼鏡戴上，抬起頭來。

「蘇醫師……」

蘇家硯才看清楚，眼前正是柯子亭，穿著件白袍。「妳！妳怎麼在這裡？」又驚又喜，坐起身來。

「你……你怎麼傷成這樣？」柯子亭瞧他瘀腫的臉和身上的胸管，彎下腰疼惜地問。

「沒事了、沒事了……」蘇家硯安慰著，不希望她擔心，岔開話題，道：「妳怎麼知道我在這裡？」

「我昨天都找不到你啊！今天看新聞說你……你被抓了，所以，我打電話去警察局問，才知道你被送來醫院……就趕過來，結果發現有警察守門，所以只好……只好……」

「所以，只好扮成『張醫師』，進來查房。」蘇家硯瞧見醫師服上繡的名字，也就猜到了衣服的來歷：「哈哈，想不到子亭女俠，也有如此妙手空空的身手，厲害、厲害！」

「噉！還不是因為要來看大魔頭，萬不得已才當小賊的，你還這樣說人家……」柯子亭噘起嘴，委屈地說。

「快別這樣說！見到妳開心都來不及呢！怎麼會怪妳？」蘇家硯連忙道歉賠不是。「好好好，都算大魔頭的錯，該打、該打！」提了手便要掌嘴，掛在腕上的鐵鍊「鐺鐺鐺鐺」作響。

瞧見了手銬腳鐐，柯子亭憂心地問：「接下來該怎麼辦啊？」

「子亭，能夠幫我個忙嗎？」

「當然沒問題啊！」

「來，妳記下一個電話號碼。」

「好的。」柯子亭在手機上記下了電話號碼。

「妳撥這個號碼，找一位梁鑫先生，他那裡有份重要的資料，可以證明我的行蹤。」

「我馬上去找他！」

「他可能需要點時間，妳明天再找他好了。」

柯子亭點點頭答應。

「『張醫師』，時間差不多了，妳該走了，才不會讓人起疑。」

輕輕嘆口氣，柯子亭還是依依不捨，握著蘇家硯的手。

「這件醫師袍挺合身的，妳先留著，記得明天還要來查房喔！」蘇家硯不希望讓她感傷，故作輕鬆地交代。

柯子亭給逗笑了，白他一眼，道：「你住在醫院給我當心點啊！小心我拿針來打屁股！」

兩個人笑過一陣，柯子亭才斂起笑容，走出病房。

註*1*：*OHCA*，*Out-of-hospital cardiac arrest*，到院前心跳停止。

十五

手術臺上，鐘紀恩正替一位病人執行氣切手術，分開一層層的肌肉及組織，已經能清楚看到氣管。

「尖刀來！」然後轉過頭對麻醉科醫師說：「準備切開氣管！」這需要雙方的配合，才能順利地將氣管內管退出，並插入氣切套管。

鐘紀恩切開氣管，撐出一個夠大的開口，能看清裡頭的呼吸管。「退管子！」麻醉科醫師緩緩地往外拉。「好！停著！」看空間差不多了，鐘紀恩便將氣切套管插入。

這時，手術房的電話響起，施宛寧接起話筒。

「喂，請問鐘紀恩醫師在嗎？」急促的聲音問。

「他正在上刀。」

「能不能請他聽電話？病房這邊有急事！」

「稍等。」施宛寧放下話筒，道：「鐘醫師，病房有急事耶！」

鐘紀恩確認完氣切套管的位置，正要縫合傷口，道：「拿過來，我聽。」

「喂！我鐘紀恩。」

「鐘醫師，你能不能趕快過來，有個警察來護理站，凶巴巴地說要把蘇家硯帶走！」

「啥？」

「他要我們把管子拔掉，立刻辦出院！」

「我馬上過去！」鍾紀恩加快手上的動作，縫合傷口，再綁好固定帶。脫掉手套，便跑出手術房。

三步併作兩步地來到外科病房，在走廊上便聽到粗魯的聲音吼：「把他的針都給我拔掉！我要他馬上辦出院！」是俞宗皓的聲音。

「他的管子現在還不能拔……」護理長正跟他僵持著。

「為什麼？我就看不出有什麼不行！」

「他現在還不能出院……」

「他人不是好好的，為什麼不能出院？」

「不准！這裡是醫院！」鍾紀恩來到護理站，大聲說道。

俞宗皓回過頭，冷冷地打量著鍾紀恩。

「蘇家硯氣胸的狀況還沒復原，拔掉胸管會有生命危險，現在不能出院！」鍾紀恩說得斬釘截鐵，全不退讓。

看了看胸前的名牌，俞宗皓道：「鍾醫師，好！我看你能夠護得了他幾天，哼！」說完才氣憤地離去。

鍾紀恩交代護理長，說：「以後有事立刻找我！」看著俞宗皓的背影遠去，心下甚是厭惡。

夜裡，鐘紀恩來到病房，蘇家硯還醒著。

「學長，你要的病歷借來了。」

「謝謝。」蘇家硯點頭謝過。

鐘紀恩問：「學長……這就是那個女孩的病歷，對不對？」

「正是。」

「你覺得……是她陷害你的？」

「應該不是，她是在迷迷糊糊、意識不清下報的警，應該算不上陷害。怎麼了？」

「剛剛我翻過病歷，覺得有點怪……」

「怎麼說？」

「我看新聞都說，是你用 FM2（安眠藥）迷昏被害人……」

「是啊！他們都這麼說。」蘇家硯無奈地苦笑。

「不過，你看這裡！」翻到後面的檢驗報告，鐘紀恩把病歷拿給蘇家硯。

報告上印著：苯重氮基鹽（Benzodiazepine, BZD）濃度：未驗出。

蘇家硯露出微笑：「是啦！我要找的就是這個。」對於意識不清的患者，在急診室一般都會抽血檢驗，看看是否受到藥物的影響。

「所以，既然驗不出苯重氮基鹽，就代表那女孩並沒有服用 FM2 呀！」鐘紀恩說。

「沒錯！最不可思議的是，他們竟然宣稱，目前證物還包括了在我車上搜到的FM2包裝殼……」

鐘紀恩睜大眼睛。「所以說……真的是有人栽贓？」

「應該是，而且還不只一件……」

「還有其他？」

「嗯，居然連精液的DNA比對，都說跟我符合……」

「這……怎麼會？」鐘紀恩很是訝異，問：「究竟是誰想陷害你？」

「我也搞不清楚，我一直到昨天才知道事情已經演變成這個局面……」

沉默了一陣，鐘紀恩道：「學長，反正氣胸癒合還要一段時間，就放心地待在這裡，諒他們暫時也動不了你！這幾天我再幫忙想些辦法……」

「走一步算一步囉……」蘇家硯心裡想著，光憑這個檢驗報告，可能不足以脫罪，還需要更有力的證據。不過，能找到一項反擊的籌碼，也讓他心裡多了份踏實。

看了看已差不多是上班時間，柯子亭撥了蘇家硯交代的電話，希望這天上午到醫院時能把東西一起帶過去。

「請問是梁鑫先生嗎？」

「我是。」

「您好，我是蘇家硯的朋友，他請我跟你拿一份資料。」

「喔，有有有，我剛剛收到了！」

「那我過去跟你拿！」柯子亭匆匆騎上機車，循地址來到汽車保養廠，這時沒啥客人，梁鑫在裡頭等著。

見到柯子亭，手上拿了個牛皮紙袋過來招呼，道：「小姐，請坐、請坐，來……列印出來的資料在這裡，我稍微向妳說明一下。」

「謝謝。」

梁鑫抽出一份列印好的報告，道：「最上面這個號碼是每一部導航出廠時的序號，這是蘇先生的機器。」

「最前面時間這個欄位，是記錄由衛星所提供的格林威治標準時間，和臺灣這裡會有八小時的時差。」

「再過來便是記錄到的座標和瞬時速度。因為這些資料都是經緯度較不好判讀，所以有幫忙把座標轉換成地圖。」梁鑫翻著後頭幾頁地圖，上面用不同顏色標示出定位點及路徑。「現存的資料大約有三小時左右。」

柯子亭看著一長串數字，還沒弄懂用途何在，只覺眼花撩亂。「喔……謝謝。」

「沒關係，妳拿回去慢慢看，有問題再打電話過來。」

「好，謝謝你喔！」柯子亭拿著牛皮紙袋，謝過梁鑫，往醫院去。在電梯裡，趁著四下無人，又套上了昨天「借來」的醫師袍，走向病房。跟走廊上的員警，若無其事地點了個頭打招呼，便開門進去。關上門，就見到蘇家硯正笑咪咪地看著自己。

「『張醫師』，早啊！」

「早早早！有沒有好一點啊？」

「好多啦！現在又看到『張醫師』，更是全身的病都好了！」

「真是……才一大早，就胡說八道！」

蘇家硯咧著嘴笑，已經注意到她手上的紙袋，道：「有什麼好東西呀？」

「梁鑫剛剛拿給我的……」

「真的！來來來，快給我瞧瞧！」蘇家硯迫不及待，抽出裡頭整疊的資料，開始研究。柯子亭見他著急模樣，也湊過來瞧。「梁鑫說，上面的時間是格林威治標準時間，和臺灣差八小時。」

「八小時……八小時……」蘇家硯眼睛開始盯著找，心裡算著事發當天的時間。「當天晚上十點……也就是標準時間的下午兩點……」蘇家硯往後翻，心裡頭懸著，期待資料的出現。又翻了幾頁，開心地道：「啊哈，在這裡！資料還在、資料還在！哈哈。」只要能證明自己的行蹤，那離清白也就不遠了，興奮地握起拳頭，翻到當天下午兩點的地圖。

「咦！怎麼……不見了！」蘇家硯愣住了，只見上頭是空空如也。趕忙往前翻到原始資料，找出那一個時段。「怎麼……？」座標欄位裡，依舊一片空白。

「來來來，手機借我！」蘇家硯急得幾乎是將手機搶入手，匆忙撥了號碼。

「梁鑫，我是蘇家硯。」

「喔，蘇先生，你有個朋友剛剛過來拿資料……」

「我知道，我已經看到了，這資料好像怪怪的……」

「沒有你要的資料嗎？」

「不是，我需要的時間已經找到了，但是沒有座標耶！」

「沒有座標？等等……我查一下……」梁鑫從電腦上開出了報告來看。「嗯……真的耶……你說的是下午兩點那一段對不對？」原始資料裡也空白了一段。

「對對對，那是怎麼回事？」

「這個……有可能……你記不記得……那天的天氣怎麼樣？」

「天氣……有下雨……」蘇家硯還記得當天的傾盆大雨。

梁鑫說：「這樣啊，那……可能是因為雲層太厚，沒辦法收到足夠的訊號，所以沒有定位成功，因為衛星定位至少要收到三顆衛星的訊號，如果……」

蘇家硯只覺得眼前發暈，再一次被無盡的黑影籠罩，拿著電話說不出話來。

「你……怎麼了？」柯子亭看他失魂落魄，輕輕拍了拍他的肩膀。

「還……還好，妳……妳先回去……」

「要不要緊啊？」

「沒……沒……沒關係……」嘴上雖是這麼說，但盯著手上的資料，腦子裡已是一片茫然。

離開病房，柯子亭帶著鬱悶的心情往電梯走去。

「醫師！醫師！」有人在走廊上喊。柯子亭一時沒意會，只是向前走著，直到腳步聲來到身後，有人拍了她肩頭。

「醫師！醫師！抱歉……」

柯子亭回過頭，認出是守在門口的員警。

「醫師，很抱歉，識別證能不能讓我看一下？」

「哦……」柯子亭表面鎮定，心裡可是大驚，難不成冒牌貨被識破了？

「要……要做什麼？」

「很抱歉，因為這患者是重刑犯，剛剛局裡打電話來交代，所有探視的人都要登記。」

柯子亭伸手掏口袋，找了一會兒，才道：「啊……可能留在辦公室，忘記帶出來了……」臉上盡量擠出了不好意思的笑容。

「沒……沒關係……沒關係……」員警看了看醫師袍上繡的姓名，道：「妳是張文修醫師，我登記下來就可以了！」

「喔……好……」柯子亭點點頭。

「張醫師，謝謝妳啊！打擾了，抱歉、抱歉。」

柯子亭回過身繼續向前走，早已嚇出一身冷汗。

醫院的大講堂裡正在進行每個月的全院臨床病理討論會，討論一些特殊的臨床案例，各科的醫師都會出席。鐘紀恩坐在王藝達右手邊，講臺上投影機放映著。

王藝達湊過頭來問：「蘇醫師現在的狀況怎麼樣？」

「肋骨骨折已經比較不痛了，不過氣胸的情形還是有，漏氣量挺多的。」

「大概還要多久呢？」

「嗯，或許三、四天吧！不過，我打算讓他在醫院住久一點。」

「為什麼？」

鐘紀恩壓低了聲量回答：「主任，我覺得好像真的有人想栽贓給學長……」

「哦，怎麼說？」

「因為我看過那個女孩子的病歷，那天晚上的抽血並沒有驗出 BZD（Benzodiazepine，苯重氮基鹽），但是警方卻一口咬定學長使用 FM2……」

王藝達凝重地皺起眉頭。

「學長還說，精液的 DNA 比對也有問題……」

兩個人沉默了一會兒，鐘紀恩繼續說：「這裡頭一定有蹊蹺……不然，他又何苦把自己弄出氣胸，還差點賠上一條命……」

望著臺上出神，過了幾張投影片，王藝達才說：「你可以幫他的忙，不過，自己也要小心……」

討論會結束後，鍾紀恩上樓查房。向門口的員警打過招呼，開門進去。正要帶上門時，那員警跟了進來。鍾紀恩說：「沒關係，我自己進去就可以了。」員警沒有離去的意思，回答：「鍾醫師，很抱歉，剛剛上級有特別交代，以後來探視的人都要登記，而且還要求我們全程陪同。」

鍾紀恩心中感到不快，卻也說不出理由拒絕。有人盯著，沒辦法多說些什麼，只能和蘇家硯簡短寒暄幾句，卻也感覺得出他心情低落。

王藝達回到辦公室，撥了電話。「喂，老紀啊！我王藝達啦！」

「阿達，有事啊？」紀楊問。

「很抱歉，又要再麻煩你……還是關於蘇家硯醫師那件案子……」

「我有聽說，已經被逮捕了。」

「是這樣子，上回你不是跟我說，精液的 DNA 比對失敗。」

「嗯……」

「那怎麼現在報紙都寫說，因為DNA比對符合，所以罪證確鑿。」

「對啊，那時的報告確實是比對失敗呀！」紀楊回憶著。

「這會不會出什麼錯啊？」

「嘖……我去了解看看，再撥電話給你。」

「感謝、感謝，麻煩你了。」

查完了其他病人，鐘紀恩離開病房，對於警方的態度，心裡還是忿忿不平。「搞什麼嘛！這裡又不是監獄，憑什麼這樣霸道！把醫護人員當賊在防……」想著想著，更加深了「有人搞鬼」的想法。

經過走廊的轉角，見到有位女孩穿了件洋裝站在窗臺邊，等人模樣，鐘紀恩也沒多留意，逕自走著。女孩追了上來，開口說：「請問……是鐘醫師嗎？」

「我是。」鐘紀恩停下腳步，盯著瞧，女孩挺美，印象中應該沒曾見過。

「你好，我姓柯，是蘇家硯的朋友……」

「嗨，妳好……」

「我看床頭牌上的名字，你應該是他的主治醫師。」

「是啊！沒錯。」

「我聽他提過你，而且又讓你當他的主治醫師，應該對你很信任……」

「我們是老同事了。」鍾紀恩雖然還不清楚女孩的目的，卻也能感受到她聲音裡的無助。

「鍾醫師，我知道這樣很突兀……但是，我看他很沮喪，實在不知道要怎麼幫他……」

鍾紀恩感覺女孩好像知道些什麼，趕忙問：「妳說的……是那件案子嗎？」柯子亭點點頭。鍾紀恩探頭看到旁邊的會議室正空著，便將她帶了進去。

「那案子，妳知道多少？」鍾紀恩問。

「我……我什麼都不知道……」

「啥？」

「我……我連自己報過警都不知道……」

「妳！原來妳就是那個女孩！」鍾紀恩訝異地說。

柯子亭點點頭，道：「我相信他是無辜的……」

「妳有告訴警察嗎？」

「有啊！但他們凶巴巴，都不相信我……」柯子亭愁著臉。「他們……好像非要把他關起來不可。」

「嗯……我也覺得有問題。」

「你想……我們該怎麼辦才好？」

「一定要好好把握他在醫院的這幾天，至少這裡還算是自己的地盤。不然要是又進到牢裡，可就麻煩……」鐘紀恩想到蘇家硯的傷勢，又皺起眉頭。「妳知道究竟有誰想害他嗎？」

柯子亭睜著大眼，搖搖頭。

鐘紀恩想了想，道：「既然跟警察講不通，我們直接找檢察官說清楚好了。」

「會有用嗎？」

「不曉得，至少讓檢察官知道點不同的訊息，才不會被人隻手遮天！」鐘紀恩打定了主意。

午間新聞裡，電視記者在警局做後續追蹤報導。

「震驚社會的狼人醫師終於落網，他的犯案手法狡猾，且又具有專業背景，讓全案的偵辦有相當的困難度。」背景是一間辦公室，鏡頭逐漸拉遠，記者繼續說：「俞警官，能不能跟我們談談，在這個案子裡，破案的困難及關鍵！」

畫面上出現的俞宗皓臉上帶著點得意之色。「這個案子的嫌犯相當難纏，偵辦過程又很不配合，直到精液的DNA比對確認後，我們才動手抓人。能偵破狼人醫師的案子，鑑識科學扮演重要的角色。證據會說話，只要有一點點的毛髮、血跡、細胞，都能幫助我們揪出真正的罪犯。這就是科學辦案的精神所在。」

「是的，隨著鑑識科學的進步，終於能將嫌犯繩之以法。對此重大刑案能在短時間內偵破，也讓民眾的安全能更多一分保障……」記者接著說了些稱頌誇獎的言論。

正在吃午餐的周秉維不屑地哼了一聲：「拜託！俞宗皓是懂什麼，也敢在哪裡胡吹亂蓋，搞得好像全是他的功勞……」說著，把手裡的便當盒狠狠扔進了垃圾筒。

下午時間，完成一件案子的解剖報告，法醫紀楊去調閱了DNA的比對報告。記錄上，有三次的比對，頭兩次的樣本在電泳之後，都沒有結果；第三次的相紙上卻出現了清晰的線條。迥異的比對結果，讓紀楊蹙起眉頭。

「叩叩叩——」一陣敲門聲，擾亂了病房裡的寧靜，正盯著窗外灰濛濛天氣發呆的蘇家硯回過頭。鐘紀恩帶著笑容走了進來，後頭還跟了一個三十多歲男子，穿件水藍色襯衫，沒打領帶，手上提了個公事包。外邊的員警站起身，恭謹地立在一旁，這回沒跟進房間來。

鐘紀恩來到床邊，精神奕奕地，道：「學長，來，我跟你介紹！這位是朱峻，是我的國中同學。」男子微笑點了頭，在旁邊的小桌子上放下公事包。

蘇家硯有點疑惑，坐起身來禮貌性地點了頭。

「學長，朱峻現在是檢察官，我找他本來是想請教看看有沒有什麼能幫你忙的地方，結果才發現，原來他正是這案件的承辦檢察官。」鐘紀恩說明了原由，讓蘇家硯更是訝異。

「朱峻，這是我的學長，因為這整個案子好像有些『誤解』，而警方那邊的態度又很一直強硬，所以才找你過來，想當面澄清一些事情……」

朱峻點了點頭，站在床邊，道：「蘇醫師，紀恩有大致跟我提過，他說有些跟案子相關的證據，希望能直接告訴我。」鐘紀恩拉過椅子，兩個人坐在床邊。

「學長，那本病歷在哪裡？拿出來讓朱峻瞧瞧。」

蘇家硯從枕頭底下拿出一個牛皮紙袋，抽出了病歷，道：「朱檢察官，你應該看過警方呈給你的調查報告，裡面應該有提到我用安眠藥 FM2 迷昏被害人……」

「嗯，報告是這樣描述，而且還有一份在車上採證到藥物的包裝。」

「那個包裝不是我的！他在搜車子時根本沒有那件東西，我完全不曉得到底是哪裡來的！上面也沒有我的指紋啊！」

朱峻平靜地回答：「蘇醫師，警方在蒐證方面都有一定的程序，光憑片面之詞，可能沒辦法就這樣推翻證物。」

「朱檢察官，這份是那位女孩的病歷，麻煩你過目。」蘇家硯翻開幾頁遞了過去，繼續說：「FM2 屬於苯二氮泮類（Benzodiazepine, BZD）的藥物，這類藥物臨床上常被使用，可以經由抽血檢驗出來。」鐘紀恩探過身來，幫忙翻開病歷到黏貼檢驗報告的位置。

「那位女孩被送到急診後，因為神志不清，所以急診醫師有幫她檢測了幾項可能影響意識的藥物濃度……」

「在這裡！」鐘紀恩指著上頭的數字。

「驗出來當時 BZD 濃度為零。」

朱峻表情凝重地看著病歷，不發一語。

蘇家硯補充說明：「這種藥物只要約兩小時，便會在體內達到尖峰濃度，可以持續約十二小時。所以如果那女孩真的有被我下藥，照理說應該驗得出來才對……」

朱峻想了好一陣子，道：「我會把這份病歷列入證物，讓法官參考。」收進公事包後，便打算起身。

「還有份資料，今天一起交給你。」蘇家硯拿出紙袋裡衛星導航的資料。「朱檢察官，我告訴警方，那天載走那女孩後，直接到醫院。但沒有人證，他們並不相信我……」

朱峻道：「因為從離開醫院到你回來急診這之間，大約有四十分鐘，而這段路程並不需要這麼久。」

「這份資料，應該可以證明我的行蹤。」

「哦？」

鐘紀恩睜大了眼睛，也是訝異。

「這是我車上的衛星導航軌跡紀錄。」蘇家硯把資料交了過去。朱峻看著上頭密密麻麻的數字，蘇家硯則開始說明。

十六

「鈴鈴鈴——鈴鈴鈴——」正在鑑識組位子上看資料的郭豐岱接起電話。「喂，你好。」

「郭組長，我是紀楊。」

「嗨，紀醫師你好，有什麼事嗎？」

「是這樣子，我看到一份前兩天的 DNA 比對報告，想要請教……」

「請說、請說。」

「這份檢體做過三次比對，前兩次都沒有結果，後來又做了一回……」

「喔，我曉得、我曉得這個案子。有問題嗎？」

紀楊頓了一會兒，說：「這份檢體有點怪……」

「怎麼說？」

「嗯……你能不能過來我的實驗室一趟？」

「行啊、行啊，我待會兒過去。」

郭豐岱收起手上的資料，走出辦公室。

「這一個欄位是時間，依據格林威治標準時間，所以和臺灣有八小時的時差。我用螢光筆框起來就是當天晚上留下來的紀錄，再過來的欄位是GPS定位到的座標。」蘇家硯把資料內容稍微說明。

朱峻在心裡做了估算，道：「時間點上應該沒有問題……不過這段時間，座標都是空白的呀？」

「因為當天雲層太厚，主機無法收到衛星訊號，所以沒有記錄這段時間的座標……」

朱峻皺起眉頭，稍有不悅，道：「你剛才不是說能證明你的行蹤？怎麼現在又說沒有紀錄？」

「朱檢察官，你聽我說完。」蘇家硯繼續講：「因為這部導航是安裝在車上的機型，內部配置有陀螺儀和車速判定，可以記錄車子的方向和速度，因此在無法接收衛星訊號時，還可以推算校正出所在位置。」朱峻靜靜聽著。

「後邊這裡的欄位，記錄的便是車行方向及瞬時速度，所以雖然這段時間沒有座標，還是能判斷車子的路徑及軌跡。」蘇家硯指了指，說：「你看，從這一段，車子開始向南邊走，時速都在六十公里左右，這是我要回家的路上……」鐘紀恩湊過頭，仔細聽著。

「然後在這裡，我的車速慢下來，迴轉向北後，停了下來。這時我應該是在馬路上遇見那女孩……停下來的幾分鐘，我帶她上車了。」

蘇家硯停頓了幾秒，繼續說：「接著，車子便一直往北行，且都維持在六十公里左右的時速，只有在這裡和這裡停下來兩次，應該是路口紅綠燈，然後就到了市立醫院……」

朱峻一行行看著欄位裡標記的速度及方向，三個人靜靜地沒有說話，鐘紀恩臉上倒是露出了笑容。

沉吟思索了幾分鐘，朱峻抬起頭說：「我會把資料一起拿回去參考，還有什麼要說明的嗎？」

「朱檢察官，我想警方的資料應該沒有提……」蘇家硯道：「那位女孩，有意要澄清這個案子，或許你可以先找她談談……」

「會的，我會約談她過來說明。」朱峻點了點頭，收拾好公事包，站起身來。「先走一步，不打擾了。」

鐘紀恩隨後站了起來，愉悅地說：「學長，你好好休息，我們先離開了。」見朱峻已經走到門邊，鐘紀恩回轉過身，彎腰塞了個東西在蘇家硯手上，低聲道：「有人託我送信來的……她可是很關心你唷！」語畢，笑咪咪地離開病房。

朱峻來到走廊上，鐘紀恩快步跟了出來問：「朱峻啊！你怎麼看這個案子？」

「我還要把這些資料拿回去看看，再做打算……」

「這些資料，是否能證明他無罪呢？」

「目前還沒辦法下定論……」朱峻聳了聳肩。

「我相信學長他一定是無辜的！」

「希望如此，不過還是要看看證據……」

「你覺得這樣的證據還不夠？」鐘紀恩問。

「不是這個意思……我們可能還要參酌各項證據，才能做判斷，不能只聽片面之詞。」

「唉……希望你們能證明他的清白。」鐘紀恩沒再多說什麼，送朱峻進了電梯。

法醫實驗室，總是瀰漫著淡淡的消毒水味道，還伴著點說不上來的氣味。總感覺這裡的空調，比外頭要冷冽得多。郭豐岱走進實驗室，見到紀楊正坐在不鏽鋼臺前，桌上擺了部顯微鏡。

「紀醫師。」郭豐岱打過招呼。

「郭組長，來，坐坐坐。」紀楊拉了張椅子到身旁，道：「你先看看。」站起身讓出了顯微鏡。郭豐岱稍微調整接目鏡的眼距，湊上前看。右手輕輕轉著焦距微調，左手緩緩移動玻片。看了好一會兒，抬起頭問：「這是……？」

「這就是那份體液樣本……」紀楊搖搖頭，道：「有精液反應，但我找了好久，都沒找到精子細胞……」

郭豐岱皺起眉頭。

紀楊換上一塊玻片。「我只在這片中，找到一些口腔黏膜細胞……」

郭豐岱又低頭檢視了玻片，看了許久，才道：「所以……」

「我想，這份檢體應該是受到汙染……所以，前兩次的比對可能才是正確的。」

「嗯……」郭豐岱沉默不語，只是緊緊皺著眉頭。

這個夜裡，蘇家硯反覆讀著柯子亭寫來的信，娟秀的筆跡，字字都是關心。這幾日來，總會不自覺地惦著她。遇上她，究竟是幸或不幸？下午跟檢察官談過之後，感覺心裡安定了許多，將信紙放在枕頭下，能嗅到淡淡的香氣，帶著微微笑，也就睡了。

隔天清早，「砰——」房門被用力地推開來，俞宗皓大步走了進來。

「蘇家硯！你又想搞什麼鬼？」

蘇家硯轉過頭，盯著他瞧，沒做回應。

「自己去找檢察官，很厲害是不是？是想告狀還是怎樣？」俞宗皓氣呼呼地質問。上午聽到消息，說朱峻檢察官來過病房，讓俞宗皓暴跳如雷，立刻趕來醫院。

「不是我找他來的。」

「你又在給我玩什麼把戲？」俞宗皓立在床邊，提著指頭咄咄逼人。

「我不過就是交給他一些相關證據而已。」蘇家硯語氣平常，不卑不亢地回答。

「哼！你這臭小子，就只會耍花樣，不要以為我不曉得！」

蘇家硯聳聳肩，也不辯白。偏偏這種蠻不在乎的表情，讓俞宗皓火氣更盛。這時，主護聽到嚷嚷，也進到病房裡來瞧個究竟。看到劍拔弩張的態勢，試著發言軟化眼前緊繃的情緒：「警官……需要幫忙嗎？」

「立刻幫他辦出院！」俞宗皓大聲講。

「可是……」

「沒有可是！馬上去辦！」

「好……好……我問一下主治醫師……」主護小聲應了，走回護理站。

俞宗皓拉了張椅子，坐在一旁，狠狠地說：「算你好運！溜出來這裡好幾天，享清福，回去你就知道！」心想，回到自己的地盤上，一定要賞他更多苦頭。

十來分鐘後，鐘紀恩匆匆來到病房。方才在電話裡，聽說有警察又闖入病房，便猜到是俞宗皓，馬上趕了過來，打定主意要硬碰硬，絕不退讓。

「警官，請問有事嗎？」鐘紀恩開口，給他來個明知故問。

「我要他立刻出院！」

「恐怕沒有辦法。」

「為什麼不行？」俞宗皓雙臂抱胸問。

「他現在還有胸管，沒辦法出院。」

「把胸管拔掉就行了。」

「現在拔掉胸管可能會有生命危險，我們不容許這樣做！」

「嘿！鐘醫師，他是因為氣胸來住院，對不對？」俞宗皓冷笑著問。

「沒錯！」

「胸管是要引流肺部漏出來的空氣，對不對？」

「對！」

「那什麼時候才可以拔？」

「要等肺臟不漏氣才可以。」

「既然你都這樣說了……」俞宗皓揚起一絲笑容，說：「我剛剛坐在這裡看了好久，也沒看到胸管有氣泡冒出來，那不是應該可以拔掉了嗎？」

「這個……」鐘紀恩本來就是故意留著胸管，讓蘇家硯不用出院。原以為唬弄一番便沒問題，全沒料到俞宗皓似乎有備而來，還設了陷阱套話。突然像給人將了一軍，頓時答不上話來。

「哼！蘇家硯，這根本是你自導自演的一齣戲，對不對？」俞宗皓瞇起了眼睛問話。蘇家硯依舊面無表情。

「這裡有個東西，是你掉的吧？」俞宗皓說著，從口袋中取出來。

蘇家硯見到他手上的針頭，微微露出詫異之色。

「嘿嘿，不要以為大家都是傻瓜，氣胸根本是你自己搞出來的！」俞宗皓微揚著下巴，氣勢凌人。接著俞宗皓把頭轉向鐘紀恩，用命令的語氣道：「把胸管拔掉！」

「不、不行，這……」突如其來的態勢，讓鐘紀恩慌了手腳。

「還有什麼不行？」俞宗皓聲色俱厲：「再囉嗦，我用妨礙公務，意圖便利人犯脫逃辦你！」兩個人睜著大眼互瞪。

蘇家硯淡然地開口說：「胸管拔掉，我跟他走。」

「可是……」

「紀恩，沒關係，不用把你也扯進來。」蘇家硯揮揮手要他別再爭論。

柯子亭在電梯裡，心裡忐忑。掙扎了許久，才鼓起勇氣再一次穿上那件「借來的」醫師服。對著鏡子揚了揚嘴角，讓表情別顯得太過僵硬。走出電梯，心頭又是止不住地怦怦亂跳。交雜著期待又緊張的情緒，抿了抿口乾舌燥的脣。

才經過轉角，便見到病房門前只剩張桌子，看守的員警沒在位子上，不由得鬆了一口氣。快步向前，推開房門，像是闖關成功一般閃身進去。輕輕關上門後，綻著笑容往裡面走，嘴裡喚著：「早安，起床囉！」

「喔……」床邊傳來一個粗沉的聲音應了：「早啊！」柯子亭這才見到床頭邊，打掃的歐巴桑正在整理，柯子亭訝異地停下腳步。「咦？」

歐巴桑抬起頭，笑著問候：「醫生，早啊！」

「人……人勒？」

「妳要找這床喔……今天一大早就出院了啦！」

「出院……喔！」

「對啊，我剛來上班，他們就叫我來清床了。」歐巴桑說。柯子亭很是意外地愣著。

「這是妳的病人嗎？」

「不、不是，是我朋友……」

「這樣啊！這裡掉了一封信，看妳要不要拿去還他？」歐巴桑遞來方才收拾床鋪撿到的信紙。

「喔，好、好啊！」柯子亭接過，收下了自己寫的那封信。

戴著手銬、腳鐐被押回警察局的蘇家硯，先被關進拘留室。這天的拘留室裡，只有他一個人，可以鬆口氣靠牆坐著休息。過了好些時候，俞宗皓走到拘留室外，瞧著他，獰笑著說：「蘇家硯，你還做了哪幾件案子，就自己招一招，讓大家好辦事，也可以少吃點苦頭！」

蘇家硯頭也沒回，只是盯著牆看，絲毫不理會。

「你給我搞清楚！你現在是在我的地盤，要是不乖乖配合，沒人救得了你！」

蘇家硯也是倔強脾氣，吐了口氣，索性把眼睛閉上。俞宗皓見狀，怒火更烈，握拳咬著牙說：「好，你給我要油條，我就有辦法治治你！」平時要整整人犯的招數不少，最簡單的便是在籠子裡多放幾隻「走狗」，惹他們互鬥一場，懲治的效果佳，又不會弄髒手。偏偏這天的拘留室裡，沒有其他流氓人犯，只好另尋方法。蘇家硯聽著他重重的腳步聲遠去，慘然一笑，既然身陷囹圄，也只能任人宰割。

坐在昏暗中，也不知過了多久，又有人聲傳來。蘇家硯繃緊了神經，暗暗叫苦。一位員警來到鐵欄杆外，手上的鑰匙噹啷作響，對著蘇家硯說：「出來！」他不明就裡，站起身來，走出牢門。員警跟在身後，來到了偵訊室。

「坐著，檢察官要找你。」

蘇家硯依言坐在椅子上，心中大喜。「看來，他相信我說的話……」臉上露出笑容，彷彿見到了曙光，想到羈絆這許多日子的罪名，就要被撤銷，如釋重負，越想越是興奮。

俞宗皓先進到偵訊室，默不作聲，眼神狠狠瞪著，蘇家硯故意視而不見。後邊跟進來的，正是朱峻，手上拿著文件夾，便坐在對面，臉上瞧不出喜怒。蘇家硯輕輕點過頭打招呼，維持淡淡的笑容，壓抑著胸口澎湃的情緒。

「蘇醫師，你提供的證據，我們都研究過了。」朱峻開口說話，俞宗皓靜靜地立在一旁。

「謝謝。」

「關於你提出藥物的濃度檢測……」

「是。」

「依據病歷記載，那天晚上當事人血中測到的藥物濃度為零。」

「是。」蘇家硯點點頭，眼角見到俞宗皓一張臉陰沉難看，兩頰的肌肉抽動著。

朱峻繼續說：「雖然，FM2 只要低劑量就足以影響意識，不過就醫院儀器的敏感度來說，應該都還在檢測範圍內。」

「是。」

「所以，依此項結果，應該可以排除 FM2 的使用。」

「是！」蘇家硯感覺自己好像在苦戰多時之後，終於進球獲得珍貴的一分。

「不過……」朱峻頓了頓，道：「不過，因為排除 BZD 這類藥物之外，還有多種藥物可能使人心神喪失……」

聽著聽著，蘇家硯的心又給懸在喉頭。

「而且，以你的專業背景，是有可能取得並使用其他藥物。」

方才掛在蘇家硯臉上淺淺的笑容，突然僵掉了，好不容易得到的一分，突然又給沒收了。

「這病歷，我會先留下來。」接著，朱峻打開文件夾，拿出那疊衛星導航的資料。俞宗皓沒見過這份東西，好奇地用眼角張望。

「關於導航的部分，很可惜並沒有留下座標的紀錄……」

蘇家硯趕緊強調：「那是因為雲層太厚啊！而且裡面還有行車速度及方向，仍是可以判斷的……」

「蘇醫師，你提出的說法相當有道理……」

「對啊、對啊……」

「不過，我們問過導航主機的製造商……」

蘇家硯蹙起眉頭，仔細聽著。

「製造商認為，主機裡面的資料並非設定唯讀，因此有可能遭受修改……」朱峻道：「他們回覆說，這些資料應該只供導航參考，沒辦法用作其他用途……」

「因為尚有 DNA 比對的關鍵證物，指向你涉入這個案子。所以，我們會維持目前的指控，並約談相關證人……」朱峻說話時，蘇家硯腦海早已是空白一片，面如死灰。俞宗皓斜眼看著他一臉沮喪，更是得意洋洋。恰好口袋裡的手機響起，俞宗皓便笑咪咪地走出偵訊室接電話去。

柯子亭失望地走出病房，在電梯旁轉進了洗手間，刻意把醫師服留在裡頭。「用不上了……就讓善心人士幫忙物歸原主吧！」想到蘇家硯又被押回鐵籠子裡，不知何時才能再相會，心情很是低落。「他還會被欺負嗎？真的會被關起來嗎？」

想著想著，心情甚是煩亂，垂著頭走出醫院，伸手摸摸口袋裡另一封新折好、來不及送出的信。

偵訊室裡，朱峻問著話，試著釐清一些細節。

「你是在什麼地方遇見當事者？」

「她……走在馬路中間……」

「只有她一個人？」

「是……」

「她能一個人走在馬路上，但是你又說她意識不清？」

「她……那時候迷迷糊糊……」

「究竟是意識不清，還是迷迷糊糊而已？」朱峻追問。

「就……就……」蘇家硯失魂落魄，回答起來更是顛三倒四。
「她是自願坐上你的車嗎？」
「不、不是……」
「你有強迫她？」
「我……我……那不算強迫……」
「你跟她有發生拉扯？」
「有……有一點……」
「那時候路上還有車嗎？」
俞宗皓悄悄開了門進來，彎下腰道：「朱檢察官，能不能……借一步說話……」語氣中顯得吞吞吐吐。
「行啊！」朱峻點點頭，闔上文件夾，站起身走出偵訊室。關上門後，問：「怎麼回事？」
「朱檢察官，這個……是鑑識組剛送過來的……」俞宗皓拿著的報告，正是郭豐代組長方才親自拿過來的。
「鑑識組？什麼資料？」
「跟……蘇家硯……有關的……」
朱峻接過報告，翻開來，才看了幾眼，便皺起眉頭，道：「這是怎麼回事？」
「這個……剛剛鑑識組組長跟我說，第三次的精液比對……可能是受到汙染，報告有誤……」

「汙染？」

「嗯……他們說精液裡沒有找到精子，所以經過討論後……」

「怎樣？」

「認為第三次的比對結果不能……不能採納……」俞宗皓說著，一臉無奈表情。

「確定？」

「鑑識組剛剛已經確認過了，才會趕緊送結果過來。」

「怎麼會出這種事……」朱峻沉吟了一會兒。

俞宗皓默默地全不作聲，既然定罪的王牌已經給抽掉了，也就只能聽憑朱峻決定。

「這樣的話……」朱峻抬起頭道：「開門。」

俞宗皓連忙掏出鑰匙，打開偵訊室。朱峻走進去，向裡頭的員警道：「解開手銬。」

突如其來的變化，讓員警愣住了，蘇家硯一時也沒意會過來。

「解開手銬！」朱峻又講了一次，員警這才趕緊動作。俞宗皓站在旁邊看著，也不敢阻擾。望著自己被釋放的雙手，蘇家硯不可置信，睜大了雙眼，一臉疑惑。

「蘇醫師，剛剛接到通知說，在採集到的精液裡，並沒有精子。應該是先前的DNA比對受汙染出了問題……」朱峻說：「所以依照目前的狀況，暫時也只能將你釋放。」蘇家硯雖然還是沒搞懂原因，但滿腔喜悅已讓他說不出話來。

「雖然如此，還是沒辦法完全排除你的涉案……」

蘇家硯心情激盪，全沒聽進朱峻在講些什麼，只想奔出這個牢籠，仰天暢快地叫喊。在本子上簽過名，領回幾樣自己的物品，蘇家硯步伐輕快地走出警察局，深深吸了口屬於自由的空氣。

收拾好文件夾，朱峻道：「俞警官，這個案子就先這樣，如果有進一步的消息，再跟我聯絡。」

俞宗皓臉色難看，道：「是……我再查查看，有結果再向您報告……」朱峻點點頭，沒多說什麼，便離開警局。

俞宗皓目送朱峻走遠後，立刻撥了電話，粗聲粗氣地講：「喂，郭組長！能不能解釋一下，這究竟怎麼回事？」表面上一派興師問罪的模樣，心裡卻打算先試探。

「俞警官，很抱歉給你添了這些麻煩！」鑑識組郭豐岱組長連忙道歉。

「為什麼會搞出這種結果？」

「俞警官，真的很抱歉！這個是那天晚上加班做的……可能……可能太累了，出了點錯，造成檢體汙染。」

俞宗皓聽了解釋，心底暗暗一笑，嘴上繼續得理不饒人：「這麼重要的檢體，怎麼可以出這種錯？太離譜了嘛！」

「是、是、是……對不起、對不起……」

「這種事不是說說對不起就算了！」

「俞警官，年輕人加班辛苦……難免的……」郭豐岱想替自己的屬下講話。

「不成、不成，這件事一定要懲處！」

「俞警官……」

「郭組長，這案子，我勸你還是先行提出處分，不然事情傳開來，連你都脫不了干係。」俞宗皓點起菸，斜著嘴角吸了一大口，心裡想著：「事情演變成這樣，總要找個代罪羔羊。」

十七

騎了機車在路上晃，柯子亭猶豫著。心裡想到警局去探視蘇家硯，但回想起前些日子，刑警說話那種令人嫌惡的態度，又是躊躇。繞了好些時候，終於還是回到住處。停好車子，插進鑰匙正轉開大門，肩頭忽然給拍了一下。「嗨！」

柯子亭受了驚嚇，回過身，只見蘇家硯正笑吟吟地看著自己，吃驚道：「你怎麼……你不是被……」

「我越獄逃出來囉！」蘇家硯表情神祕地說。

「真的？」柯子亭又是一驚，眼神不由得往四周望，趕緊拉著蘇家硯的手。

「那……趕快躲進來啊！」

關上門後，柯子亭問：「有沒有人跟蹤你過來？」

「應該沒有吧！」蘇家硯這時給柯子亭軟軟的手握著，暖暖的，也就不捨得放開來。

「走走走，先上去！」柯子亭牽著他上樓。

蘇家硯瞧她神情又是緊張，又是關懷，心下甚是感動，把手握得更緊了些。柯子亭進到家裡後，又探了探窗外，才稍微安心，開口道：「你有沒有怎麼樣？你是怎麼出來的？」

「子亭，放輕鬆，不要緊張！」蘇家硯打斷她的話，盯著她的眼睛，一會兒才道：「我是被放出來的！」

「真的！」柯子亭又驚又喜。

「檢察官說，DNA 比對有問題，所以暫時便把我放出來了。」

話才剛說完，柯子亭張開手臂，興奮地抱住蘇家硯，激動得無法言語。

蘇家硯輕輕拍著她的背，柔聲道：「沒事了、沒事了……」擁抱了一會兒，柯子亭才放開來，一雙眼紅紅的，泛著淚光。

蘇家硯微微笑著道：「都說沒事了，怎麼還掉眼淚呢？」

「還不都是你！」柯子亭扁了嘴。「連這種事也要先騙人！」

蘇家硯瞧她輕嗔微怒的樣貌，甚是可愛，笑得更加開心。柯子亭橫了眼，說：「討厭！你再這樣，就叫警察真的把你關起來！」

「是、是、是！遵命、遵命，以後我一定會安安分分，規規矩矩地做人。只要女俠交代的事，小的我絕對不敢忘記！」

「哼，還說呢！嘴巴說得這麼好聽，你還不是忘了這封信！」柯子亭拿出信在手上搖了搖，說：「差點就被打掃的歐巴桑當成垃圾扔掉囉！」

早上被俞宗皓押走時，實在沒機會把信帶走，蘇家硯只好尷尬地咧嘴笑。

「本來還有一封信要給你的，不過既然都已經放出來了，那就不需要啦！」柯子亭把信放回口袋，笑靨如花，這幾日的反覆煎熬，終於算是雨過天青。兩個人心情大好，到街角的麵店吃了一頓午餐。柯子亭特地請老闆煮了碗麵線，算是歷劫歸來，讓蘇家硯去去霉運。

用過午餐，坐在一間小咖啡廳裡啜飲咖啡，恢復自由身，蘇家硯突然發現原來午後的時光竟是如此醉人，兩個人靜靜地望著對街小公園裡嬉戲的孩童。

柯子亭的手機響起，打破了寧靜。

「喂，妳好。」

「喔，妳收到了呀！」

「不會、不會，不要客氣。」

「別這樣說，應該的啦！」

「阿嬸，妳等一下啊！」柯子亭笑嘻嘻地遞過電話，說：「喏，有人找你！」

蘇家硯疑惑地接過話筒。「喂。」

電話一頭，是些微蒼老的聲音：「喂，你……」

才聽到聲音，蘇家硯頓時語塞，完全說不出話。

「家硯、家硯……是你喔！」

突然聽到母親的聲音，蘇家硯胸口激盪著。「阿母，是我啦！」

「你……你還好吧？」

「阿母，他們把我放出來……沒事情了！」

「好、好、好……回來就好！回來就好！」

「阿母，我沒做壞事啦！不要聽電視胡亂講。」蘇家硯聲音哽咽。

「我知道、我知道，我當然知道你不會做壞事。」

「阿母，你要照顧身體，不用擔心！」

「我沒問題啦！柯小姐對我很周到，還幫我寄東西過來。她人很好呢！」

「喔，對啊、對啊！」

「家硯啊！這個女孩子不錯喔！」

「嗯。」

「啊……你們交往多久了？」

對於母親突如其來的詢問，蘇家硯支支吾吾：「一……一段時間……」

「這樣很好呀！」母親開心地說：「家硯啊！你的年歲也差不多了，如果合得來……」

「阿母，好啦！好啦！妳不用操心！」蘇家硯沒料到母親會提起這些，一時也亂了陣腳，簡短說了幾句，便掛上電話。喝兩口水，定定心神，蘇家硯好奇地問柯子亭：「妳是……怎麼找到我媽的呀？」

柯子亭笑吟吟地說：「這點小事，怎麼難得倒我？況且，您蘇醫師名氣這麼大……」

蘇家硯苦笑著問：「那……妳是怎麼自我介紹的？」

「我就說是你醫院的助理啊！」柯子亭靦腆地講。

「助理？」

「對、對啊！難道她……」柯子亭聽他方才講電話時，支支吾吾，也猜到了幾分。想到已經給人識破了身分，不由得低下頭，滿臉羞紅。兩人這幾日相處下來，早已互相有好感，雖然沒有明說，但都能感受到彼此之間的關心與思念。一通意外的電話，突然挑明了這些沒說出的情感，讓兩人都默不作聲。低頭啜著咖啡，氣氛有點尷尬，卻又有種解脫的感覺。

涼爽的下午，漫步在公園裡，柯子亭問：「接下來幾天有什麼打算？」

蘇家硯沉吟一會兒，說：「放個假吧！」回想起這些年，打從擔任住院醫師開始，就沒放過什麼長假。既然被折騰了這一遭，乾脆給自己放鬆放鬆，不急著回醫院上班。

「你想上哪兒去？」柯子亭問。

「嗯……還沒想到耶！」蘇家硯道：「不過，不知有沒有榮幸，邀請子亭大姐一起去？」

柯子亭嘟起嘴：「什麼大姐！我明明就小你好幾歲呢！」

「行、行、行……就依妳。不知子亭妹子願不願意一起去走走？」

「嗯……」柯子亭假裝猶豫，停頓一下才說：「看你這麼孤單，我就勉為其難陪你去囉！」

兩人訂好日月潭的民宿，簡單收拾行囊，就出發了。歷經這段波折，卸下一身重擔，身在湖畔林間，只感覺入目景致皆迷人。平常時候的日月潭，少了人來人往，相當寧靜閒適。開開心心玩了幾天，兩個人的感情又加深一層。

這天傍晚，沿著湖畔小徑拾級而上，來到了梅荷園旁的耶穌堂，典雅的米黃色外觀映著夕陽餘暉。兩人坐在前廊的大柱底下歇腳，柯子亭仰頭怔怔望著彩霞。

蘇家硯瞧她一陣子沒說話，便問：「累了？」

柯子亭搖搖頭，抿著嘴脣。

「有心事？」

柯子亭深深吸了口氣，沒答應。蘇家硯也就靜靜等著。

過了好一會兒，柯子亭緩緩地道：「這幾天很快樂，你對我也很好……」說著說著，緩緩地垂下頭，聲音也越來越小：「可是……可是我被……玷辱過……」

「子亭，過去都過去了……我一定會把那個壞蛋揪出來。」蘇家硯用手臂輕輕摟著她。「往後，我只會更疼你，好好保護妳、照顧妳。」

柯子亭倚在他的胸膛，靜靜呼吸著那份暖暖的安全感。

「不過……」蘇家硯突然說。

「不過什麼？」柯子亭轉過頭，瞧他一臉神祕，不曉得要說出什麼條件。

「不過……」蘇家硯咧著嘴，說：「不過，妳也不能因為我有『前科』而嫌棄我喔！」

「噉，你壞死了！你這個前科累累的大惡人！」柯子亭橫了眼，作勢要打來，臉上又有了笑意。

這日下午，游哲賢坐在報社裡正埋首寫著新聞稿，那是件疑似情殺的案子，年輕少婦和情夫陳屍於臥室內，這種案子最適合添油加醋。

「哲賢！哲賢！」祕書喚了兩聲，游哲賢抬起頭來。

「這通電話，你最好聽一下。」祕書說：「我幫你轉電話過去。」

游哲賢接起電話：「喂，你好。」

「好的，你請說！」游哲賢拿起筆開始記錄。

「嗯、嗯……」

「哦？」

「真的！」游哲賢的語調突然顯得興奮。

「你確定？」

「你是哪位？」

「有證據嗎？」

「嗯、嗯……」手上的筆飛快寫著。

就這樣談了十來分鐘，游哲賢越講越起勁。「太好了！謝謝你！」

「你把資料傳真給我。」

「如果有其他消息，你可以直接告訴我！」

「我的手機是……」

「好的，沒問題，我們一定會保密！」

「你放心、你放心，再會。」

掛上了電話，游哲賢臉上又泛起得意的笑，立刻在電腦上開啟新文件，稍一沉吟，便寫下了新標題。

在一間布置雅致，色調溫暖，有著絨布地毯，半點也不像醫院的診療室裡，賴明剛問：「你真的想這樣做？」

柯子亭點點頭，蘇家硯說：「我們想，這樣或許可以找到一些線索……」

賴明剛是位精神科醫師，專注於精神分析的領域，和蘇家硯是多年好友，在學生時代跑社團就已經熟識。

「可是，催眠的結果，目前是沒辦法在法庭上作為證據。」賴明剛推了推眼鏡，繼續說：「而且，記憶是可能被扭曲或改造的。」

柯子亭微微點著頭，說：「我只是想知道，那天晚上究竟發生了什麼事……」

「嗯，這我了解。」賴明剛道，對於一段莫名消失的記憶，的確會是種困擾。「或許，把事情說出來，心裡會好過些。」

柔和的燈光下，柯子亭靠在舒適的躺椅上，把身子放鬆。聽著賴明剛渾厚的嗓音，漸漸陷進了沉沉的催眠中。蘇家硯在診療室的角落靜靜聽著，催眠的過程，比他想像的還要冗長許多。

「子亭，有聽到我說話嗎？」賴明剛問。

「嗯……」

「子亭，我要帶妳回到三個禮拜前的晚上……」

「嗯……」

「妳在做什麼呢？」

「我在走路……」柯子亭輕聲回答，像是夢囈一般。

「在哪裡呢？」

「在……在馬路上……」

「現在大約是幾點鐘？」

「不知道……很暗……」

「妳要往哪裡去？」

「不……不曉得……」

「妳有遇到什麼嗎？」

「有車……很快……」

「還有什麼嗎？」

「喇叭……按喇叭……」

「還有嗎？」

「啊！有……有個人來拉我……男人……他要拉我上車……」柯子亭的頭顫了幾下，好像受到驚嚇。

「子亭，不要怕，車子是什麼顏色？」

「顏色……我看不清楚……車燈好亮……」

「妳可以靠近一點看？」

「銀……銀灰色……」

蘇家硯用指頭比了比自己，告訴賴明剛那是他的車子，然後以手勢逆時針轉了兩圈，倒帶似的，示意他把時間再往前移。

賴明剛點點頭，道：「子亭，放輕鬆，我們再帶妳到稍早的時刻……」

「嗯……」

「差不多一小時前。」

「嗯……」

「子亭，妳人在什麼地方？」

「在……在車子裡……」

「在什麼車子裡？」
「轎車……」
「窗子外有看到什麼？」
「很……很荒涼……空空的……」
「妳旁邊有人嗎？」
柯子亭沒回答，皺著眉頭，不安地動著身子。
「子亭，不要害怕，妳現在很安全。」賴明剛語氣和緩地安慰著。
「子亭，什麼人和妳在一起？」
「男人……一個男人……」柯子亭身子扭動地更加厲害。
賴明剛見她情緒越加激動，便不再繼續問，試著用平和的語調安撫她：「子亭，放輕鬆，深呼吸，妳現在很安全……妳現在很安全……」
「一個男人……一個男人……他……」柯子亭呼吸急促。
「子亭……深呼吸……深……」
「啊！」柯子亭的叫喊打斷了賴明剛，那叫喊充滿了恐懼，身子緊繃著。蘇家硯不安地站起身來。賴明剛抬起手，示意他不要出聲。
「子亭……子亭……」賴明剛輕輕叫喚著：「子亭……子亭……有聽到我說話嗎？」
柯子亭彷彿還處在極度驚恐中，緊蹙著眉頭，沒有言語。
「子亭……子亭……」賴明剛繼續喚著，蘇家硯不禁上前兩步。

「子亭……子亭……」

「嗯……」

「有聽到我說話嗎？」

「嗯……」柯子亭的呼吸緩了下來，繃緊的肌肉漸漸放鬆。

「妳現在很安全，很舒適地躺著。」

「嗯……」柯子亭輕輕地回應，很疲累似的。蘇家硯躡手躡腳地，又退回自己的位子。

「子亭……發生什麼事了？」賴明剛試探著問：「願意告訴我嗎？」

「嗯……」

「妳準備好了，再告訴我。」

「他……他……」等了好一會兒，柯子亭抽動了幾下眼皮，才繼續說：「他……他……死了……」蘇家硯深吸了口氣，把身子往前傾，要聽仔細。

「他死了。」賴明剛用平緩的語調巧妙地掩飾住心裡的訝異，彷彿只是討論一件平常的事情一般。

「他突然尖叫……然後……就爬起來往車子外面跑……」

「往外面跑。」

「他跑到馬路邊……就倒在地上……」

賴明剛沒有插話。

「他死了……他不動了……他死了……」柯子亭的話音害怕地顫抖著，繼續喃喃說：「他死了……他死了……」

蘇家硯和賴明剛對望了一陣子。蘇家硯用手虛砍了兩下，賴明剛明白地點點頭。

「子亭，我現在要帶妳回來了，妳很安全，很放鬆。」賴明剛逐漸引導著結束催眠。

「嗯……」

「子亭，妳累了，妳很舒服地躺著，妳現在可以好好休息。」

「嗯……」柯子亭的身子又陷在躺椅中，睡去一般。

「子亭，等妳休息足夠了，會在鋼琴聲中醒來。」

「……」柯子亭好像已經進到夢鄉，沉沉的，沒再回應。

來到走廊，蘇家硯輕輕關上了門，便忍不住問：「你覺得……這些事的可信度……」

賴明剛聳聳肩，道：「這些事情，誰也說不準……」

「他有提到我，的確是我帶她上車的……這部分沒有錯……」

「這些事情，你先前有跟她提過？」

蘇家硯點點頭。

「是呀！所以有可能她把你說過的事情，融進她的記憶中。像是夢境一般，片段凌亂地拼湊在一起，夢裡頭有些是自己真實經歷過的事情，有些是聽來的情節，有些則是無中生有。」

蘇家硯手抱著胸，思索著，想要找到一絲足以佐證的線索，卻無所獲。沉默了許久，賴明剛問：「還要繼續嗎？」蘇家硯嘆了口氣，搖搖頭，方才見到柯子亭那樣恐懼害怕，心裡相當不捨，幾乎都要後悔當初異想天開，來求助於催眠。

推門進到診療室，賴明剛按下音響的播放鍵，緩緩地調高音量，舒伯特的《鱒魚五重奏》輕快地響起。接下來，又緩緩調亮了向上照明的立燈，讓整個診療室明亮起來。蘇家硯走到躺椅邊，蹲下身來，盯著柯子亭熟睡的臉龐，是那樣的柔美。夢似乎正香甜，讓人不忍打斷。

隨著樂音流瀉，柯子亭緩緩睜開眼。才適應了明亮的光線，便見到蘇家硯怔怔瞧著自己，耳根子一紅，坐起身來。

蘇家硯站起身，笑著道：「起床了、起床了，該回家囉！」

賴明剛在一旁微笑著道：「睡得還好嗎？」

柯子亭有點不好意思，小心地問：「我……有睡很久嗎？」

「睡得可久，都大半夜了，叫都叫不醒。」蘇家硯道。

「真的？」柯子亭左右張望，見到窗簾還透著點陽光，便皺皺鼻頭，瞪了蘇家硯的笑臉一眼。「哼！又來騙人！」

別過賴明剛，兩人上了車，駛離醫院。

柯子亭終於忍不住問：「家硯，剛剛真的有催眠嗎？我有沒有說出什麼？」

蘇家硯見她的眼神似乎對方才的事情完全沒有印象，便試探著問：「妳都不記得了？」

柯子亭睜大著一雙眼，搖搖頭。「真的有發生什麼事嗎？」

「妳真的不曉得？」

柯子亭還是搖搖頭。

「妳啊，睡得可熟呢！才開始沒五分鐘就睡著了。」蘇家硯帶著促狹地表情說：「叫都叫不醒，害賴明剛多尷尬。妳啊就自顧自地睡，還磨牙、打呼、說夢話……」

「哼！你騙人……」柯子亭哼了一聲別過臉去，心下可是惴惴不安，唯恐睡相全曝了光。

「妳不信啊？」蘇家硯輕輕踩了煞車，說：「要不，我們繞回去問問賴明剛，他應該會說實話吧！」見柯子亭不敢答應，就哈哈一笑，不再捉弄她。

「哎呀！子亭，別擔心，他們說催眠什麼的，我看都騙人的啦！不用當真。」

「真的嗎？可是人家不是都還出書寫什麼前世今生，連幾輩子的事都瞧得見。」

「那應該是小說亂寫，編出來的啦！想像力太過豐富！」

「真的啊……我想說，如果真的能見到前世，一定很不錯……」柯子亭望著窗外，幽幽地說：「你相信有前世嗎？」

蘇家硯微微一笑，沒回答，心裡可不願見她再受驚嚇，只期盼能快樂地共度此生，至於前世如何如何，可一點也不打算多費心神。

汽車的收音機響起了幾個音符的前奏，柯子亭轉過頭來，問道：「你知道這是什麼歌嗎？」

蘇家硯搖搖頭，柯子亭開心地說：「這是我最喜歡的一首歌！」跟著樂音，輕輕哼著：「聽見／冬天／的離開／我在某年某月／醒過來，我想／我等／我期待／未來卻不能因此安排……」是孫燕姿的歌曲《遇見》。

「我遇見誰／會有怎樣的對白／我等的人／他在多遠的未來，我聽見風／來自地鐵和人海／我排著隊／拿著愛的號碼牌……」

蘇家硯看她唱著，嘴角微揚地陶醉著。「我往前飛／飛過一片時間海／我們也曾在愛情裡受傷害，我看著路／夢的入口有點窄／我遇見你／是最美麗的意外……」

甜甜笑裡的眼神，彷彿也在說著：遇見你，是最美麗的意外！

十八

經過這幾日的休息與沉澱，又有柯子亭的陪伴，蘇家硯漸漸恢復了過去的神采，也開始打算回到工作崗位。闊別多日，終於又踏進醫院，蘇家硯等著電梯要上辦公室，電梯還是一如往常地緩慢。

正讀著牆上的布告欄，瞧瞧院內的新消息，突然有人在身後大喊：「學長！」蘇家硯轉過身，見到鐘紀恩一臉興奮地走過來，手臂舉高高揮著。

「學長，你回來了！」

帶著笑容，蘇家硯迎上前去。鐘紀恩便送上一個大擁抱，真摯的兄弟之情，讓蘇家硯胸口一陣激盪。

「學長，我聽說你被放出來了，真是太好了！我就知道你一定不會有事！」

「謝謝你啊！幫我那麼多忙。」

「不要這樣說，那是應該的。我本來想說，你會去放個十天、半個月假，結果怎麼這麼快就回來了？」

「放夠了，又開始閒不住，就回來走走看看。」蘇家硯笑了笑說。

兩個人一塊兒搭了電梯上樓，鐘紀恩陪著來到辦公室前，想起什麼似的，問道：「學長，你住院時，到醫院撒野好幾回那個刑警，是不是姓俞？」

「對啊！」蘇家硯皺了眉，不由得又想起俞宗皓那張令人厭惡的臉孔。

「喔！那就是了……」

「怎麼？」蘇家硯問。

「學長，今天的報紙你看過沒？」鐘紀恩晃了晃拿在手上捲起來的報紙。

蘇家硯搖搖頭，才想起自己已經好多天沒看新聞。

「來來來，你看這裡……」鐘紀恩攤開報紙，找了一會兒，指著左上角的報導。

「你看！你看！」

加工破案，刑警栽贓誣陷良民！

〈本報訊〉平日被視為人民保母的警察，竟然遭人踢爆，為求績效，涉嫌栽贓證物，陷無辜民眾入罪。經可靠消息來源指出，資深刑警俞宗皓，為求辦案績效，藉職務之便，栽贓證物或是掉包檢體。俞宗皓在警界服務二十年，表現突出，偵破重大刑案多起，功效卓越。

因俞宗皓經手的案件不計其數，加工偵破的數目不詳，保守估計可能涉及多起案件，連近日喧騰一時的狼人醫師案件，都可能遭俞宗皓動過手腳。俞宗皓相當有辦案經驗，加工案件的手法細膩，究竟有多少無辜民眾因此被定罪入獄服刑，仍待深入調查……

蘇家硯約略看完報導，心裡頭是五味雜陳，曾經讓他震怒的報紙，好像突然還給他一絲正義。但被誣衊毀去的名聲，又要如何去討？「狼人醫師」這稱號，又再一次被提起，與其說是平反，不如說是將最後僅有的一點利用價值榨乾。

深深地吐了口氣，蘇家硯說：「這份……可以送我當禮物嗎？」

「當然，這有什麼問題。」

掏出鑰匙，開啟辦公室門，嗅到那股久違多時的熟悉氣味。

「學長，如果還有什麼需要幫忙……」鐘紀恩頓了頓，接著說：「真的很高興見到你回來！」

蘇家硯輕輕捶了鐘紀恩的肩，頷首一笑，點滴在心頭。

上午，俞宗皓在辦公室發了頓脾氣，把跟老婆吵架的怨氣全發洩出來。正打算抽根菸，平平情緒，電話便響了。

「喂，什麼事？」俞宗皓粗聲粗氣道。

「俞警官，能不能請你過來一趟，葉釗局長有事找您。」祕書客氣說著，卻是由不得人拒絕。

「好。」俞宗皓只得擰掉香菸，摔了門出去。

雖然還有一肚子悶氣，但進到局長辦公室，還是得擠出一點笑容。「局長，你找我？」葉釗是個身材矮小的老頭，和他的大辦公桌實在相當不襯，背地裡大夥的言語都沒太多尊重。

葉釗緩緩抬起頭，從眼鏡上方瞪了俞宗皓兩眼，也不打算請他坐下。把手中的報紙放在桌上，推到俞宗皓面前，道：「俞警官，能不能請你解釋一下。」

俞宗皓讀著報導，兩隻眼睛越瞪越大，臉上浮現驚恐訝異的表情。「這……這……什麼……」

在辦公室裡，蘇家硯把報導反覆讀了幾回，沒有欣喜，反倒像個旁觀者，看著一齣荒腔走板的戲。戲中偏又有個貌似自己的丑角，無助地任人擺弄。隨意翻了翻報紙，放空思緒，彷彿只是過客。

忽地，念頭一閃，坐直了腰桿。

「他……他死了……在馬路邊……」腦海裡清晰閃過，是柯子亭在催眠中驚恐的神情，以及慌亂的語調。

「是了、是了……如果那個人真的死在馬路邊……說不準報紙裡會有報導……」蘇家硯心裡想著。站起身子，隨手拿了記事本，準備往圖書館去。

才走出辦公室，便見到一個男子等在門口，看上去感覺有點眼熟。那男子一見到蘇家硯，便眉開眼笑地湊過來。

「蘇醫師，您好，我是明鏡報社的記者。」游哲賢講。

蘇家硯停下腳步，瞪著他的臉仔細端詳。

「蘇醫師，恭喜您洗刷冤屈，對於警界敗類俞宗皓栽贓的事件……」聽起來「警界敗類」是新的封號。

「之前你有來找過我？」蘇家硯打斷他的話問，心裡已經確定了這張面孔，便是三番兩次窮追猛打的傢伙。

「是的、是的，我有來採訪過您。」游哲賢堆著滿臉笑，點頭道：「關於警界出現這樣的敗類，嚴重危害人權的事件，您一定有最深刻的感受，能不能談談您的……」他話還沒說完，鼻頭已經重重挨了蘇家硯一拳，臉上火辣，眼前盡是昏黑。游哲賢彎下腰，手掩著臉，哪裡還顧得了摔在地上的錄音筆。

「謝謝指教。」蘇家硯拋下一句話，轉身走了。

挨了這樣一拳，游哲賢心裡當然忿忿不平，原先已經設想好的新聞標題：「**英勇醫師為清白奮戰，沉冤得雪**」，自然也就給改掉了。

在圖書館裡，蘇家硯翻出了厚厚的舊報紙，挑了幾份事發左右的日期，搬到一張大桌子上，瀏覽著標題。

「**鰥夫身中十三刀，命喪公園**」蘇家硯搖搖頭。

「**討三百元賭債，亂棒傷人不治**」

「**無名屍塊棄置大賣場外，恐怕已有部分隨肉品販售**」

「**防火巷內白骨少女身分待查**」

「**屠刀殺夫閹割，冷血肉販起訴**」

「**模仿電影情節，高中生隨機犯下三屍命案**」

「**命喪冰箱！自殺？他殺？疑點重重**」

看了許多社會新聞匪夷所思、心驚聳動的標題，蘇家硯不由得搖搖頭。這麼一頁頁尋下來，還沒找到相符的案子，偏偏又見到了：「**驚！外科醫師化身狼人，性侵夜歸少女！**」心中不免想：能在社會新聞的版面占有一席之地，和這許多凶神惡煞相提併論，可不知是造了多少孽呢！

翻找了好一陣子，眼角瞥見一段：「**男子車震偷情馬上風，陳屍路邊**」。

〈本報訊〉一名中年男子下身赤裸陳屍於路邊，被晨間路過運動的民眾發現，報警處理。警方勘驗現場後表示，死者身分應為四十八歲的鄭雲貴，因該路段在較僻遠地重劃區內，發現時男子已死亡多時，死亡時間可能在前一天晚間八點左右。旁邊的停車場內，尋獲一輛未熄火的房車，遺留後座的長褲應為死者所有。因死者並無外傷，且現場無打鬥痕跡，研判應為車震偷情導致馬上風，在臨死之前爬到車外求救。汽車後座尋獲的長頭髮，可能為偷情女子所有。因為附近並沒有商家及民宅，所以無法調閱相關監視畫面。

抄下了死者的姓名，蘇家硯思索著搜尋線索的下一步。恰好見到旁邊的電腦螢幕上是醫院病歷系統首頁的畫面。蘇家硯心想：「來碰碰運氣也好。」這附近較有規模的醫療機構只有市立醫院和城美醫院，一位四十八歲的中年人，應有很大的機會曾經在這裡就診過。

進入病歷系統，輸進姓名後，按了搜尋。畫面上出現有三筆符合的資料，扣除八十二歲和十六歲這兩筆，餘下的這一位是中年男子，四十八歲。望著上頭列出的電話號碼，蘇家硯決定碰碰運氣。撥了電話，等著。

「嘟——嘟——嘟——嘟——嘟——」

過了許久才有人接聽，「喂！」是中年婦人的聲音。

「喂，你好！請問鄭先生在嗎？」

「找他幹嘛？已經死了啦！死好啦！」婦人凶巴巴地應了，接著便「叩」一聲，摔掉電話。想來該是報紙上描述的「車震偷情馬上風」，大大惹惱了鄭太太，對已過世的先生很不諒解。

在記事本上寫下病歷號碼，蘇家硯往病歷室去，想看看有啥線索。陳舊的霉味是病歷室中註定該有的氣味，蘇家硯打了兩個噴嚏，揉揉鼻子，把病歷號碼給了負責推送病歷的工讀生。「小姐，能不能幫我找這本病歷？」

「先填單子，放那個盒子裡，三天後來拿。」

「可是有點急，能不能拜託一下……」蘇家硯搔搔頭，客氣地請求。工讀生好不容易抬起頭，勉為其難地站起身：「好啦！你在這裡等一下。」

過了十來分鐘，工讀生拎著病歷回來，交給了蘇家硯。

走在長廊上，蘇家硯忍不住開始翻看病歷。在病歷內頁，貼著張身分證影印本，不均勻的碳粉，使得容貌只能勉強辨認。削瘦的臉頰，眉毛濃密，卻禿著一顆頭。病歷不甚厚，因外傷來過幾次急診。門診紀錄裡有高血壓，定期回來拿藥控制，偶爾也因痛風發作回來求診。翻到病歷後半，蘇家硯見到淡藍色的病歷紙，那是外科醫師最熟悉的手術紀錄。手術紀錄的部分很簡短，是門診手術。才看了一眼，蘇家硯忽地停下腳步。術式欄裡，草草寫著 Vasectomy（輸精管結紮）。

蘇家硯蹙起眉頭，回想起朱峻在釋放他時所說的話，心裡好像搞懂了整個事件，

「因為這人動過結紮手術，所以……精液裡沒有精子。」這個傢伙應該就是事件的正牌禍首。翻回到那張影印的相片，蘇家硯瞪視了許久。是他玷辱子亭，是他害自己遭受了這個莫須有的罪名。

「要拿給子亭來指認嗎？」

「認得出來嗎？」蘇家硯自問自答著。

「不了……這傢伙都已經死了，指認又能如何？」

「就別再讓她去承受這些了……」

「能夠解開懸在心裡的謎，也就夠了……」蘇家硯長嘆口氣，告訴自己：「就讓這件事淡淡地過去吧！」

雖然談不上公道正義，這個案子終於也算是告一段落，就這樣收進了心底。此後，蘇家硯的生活也有了重大的改變，他不再是整天關在醫院沒日沒夜的王老五。下了班，他會帶著柯子亭吃晚餐，漫步街頭。他開始會在意哪裡的夜景美，哪裡的燈光好。他也開始會陪著哼些周杰倫的新歌，不再只是滿口開刀與動物實驗。他最喜歡看著柯子亭吃冰淇淋滿足的神情，天真的笑，像個孩子。

美好的日子總是飛快，幾個月就這樣過去了。

這個傍晚，天色已經暗了，蘇家硯走出醫院，接到柯子亭的電話。

「喂，子亭，我正要打電話給妳耶！」

「真的！什麼事啊？」

「今天晚上，可能沒辦法陪妳吃晚飯……」蘇家硯帶著歉意道。

「為什麼呢？」

「待會有臺急診刀，可能要一陣子……」

「喔……」

「子亭，我晚一點再過去找妳。」

「沒關係，我剛好也要跟妳說，因為小夜班的學姐臨時有事，要我替她代班幾個小時，所以也不能陪你吃晚飯。」

「嗯，那妳去忙，晚點我再去接妳。」

「好，你開刀前，要先去吃點東西喔！」柯子亭關心地叮嚀著。

「嗯，拜拜。」

「拜拜。」

蘇家硯掛上了電話，才發動引擎。心裡有一絲絲愧疚，暗道：「哎呀！早知道妳要加班，就不用撒這個小謊了。」踩著油門，慢慢把車駛離停車場。晚風吹著發熱的耳根子，蘇家硯才發覺要對天真善良的柯子亭扯謊，竟是如此困難。

十九

「市醫洞么，救護臺呼叫！」「洞么」是急診室的無線電代號。

「市醫洞么收到，請說！」

「一名年輕女性，車禍受傷，目前意識昏迷，量不到血壓，有多處骨折，大約十二分鐘後到達，麻煩協助處理！」

「市醫洞么收到。」

護士謝婕回覆完後，便趕緊通知了急診值班的譚品澤醫師，開始準備各項急救藥物及插管用具。譚品澤穿戴好手套、口罩、隔離衣，站在創傷急救區等待。這類重傷患者常是大量出血，命在旦夕。

不多時，一部救護車呼嘯進入車道，煞停在急診室門口，兩位緊急救護員從車後拉出擔架。謝婕開了門，邊喊著：「這邊！這邊！」領著擔架快步進到了急救區。

「年輕女性，被卡車撞到，在事故現場已經意識昏迷！瞳孔放大！量不到血壓！」緊急救護員簡短報告了狀況。

譚品澤手指搭在頸動脈，完全感受不到脈動，立刻下了一連串指示：「插管！氧氣！心臟按摩！靜脈輸液！緊急備血！強心劑來！」

急救區關上了鐵門，幾位趕來幫忙的護理人員，迅速地各自動作。

在明亮寬敞的百貨公司裡已經逛了兩個多小時，看著一櫃一櫃的珠寶首飾，蘇家硯還是拿不定主意。從小到大全沒接觸過這些小玩意，這可還是頭一遭，對於價值跟價格之間的關聯全沒概念。眼睛瞧著，不大敢亂問問題，免得露出老土的餡。

「先生，您是要送禮？」專櫃小姐靠過來招呼。

蘇家硯點點頭。

「是要送長輩、老婆，還是朋友？」

「嗯，朋友……」蘇家硯靦腆的回答。

「有特別的節日？生日？」

「沒……沒有……」本來就沒特別的理由，蘇家硯只是想送個驚喜。

「先生，這是本公司最經典的款式。」專櫃小姐小心翼翼取出了一條項鍊，鍊墜是大大字母「D」。「這是黃金的款式。」

蘇家硯端詳了一會兒，搖搖頭。

「這組愛心鎖，相當別致，女孩子都很喜歡。」

「這是粉紅色石榴石項鍊。」

蘇家硯心裡疑惑，搞不懂石榴石是什麼貨色。

「這是雙環項鍊，復古又優雅。」

「這是蝴蝶結款式。」

「這是網夢系列，做成捕夢網的造型。」

專櫃小姐一一介紹著。

又看了一會兒，蘇家硯指著旁邊一條項鍊問：「那是鑽石嗎？」

「這個？喔，那是水鑽。這組白色淚滴珍珠項鍊，是今年度的暢銷商品，相當高雅。」

水鑽？蘇家硯訕訕一笑，心中又多了幾個問號。

看看時間已經不早，雖然一頭霧水，總也該下個決定。心想，配在柯子亭身上，肯定什麼都好看。想通了這一點，也就不再猶豫躊躇。

「嗯，就這個好了。」蘇家硯指了指那組白色淚滴什麼的。

「好的，您稍等。」專櫃小姐取出絨布，仔細擦拭過後，裝進一個小盒，再打上緞帶蝴蝶結。

正等著結帳，口袋的電話響起。來電顯示是柯子亭，蘇家硯心想：「該是下班了吧？時間算得真準！」開心地接起電話。

「喂，子亭，下班啦？我過去接妳。」手上接過了包裝的紙袋。

「喂，是……蘇醫師嗎？」傳來中年男子的聲音。

「你……你是？」蘇家硯一陣錯愕，收起了笑容。

護士謝婕氣喘吁吁地停下來，望著心電圖，從開始心臟按摩已經過了三、四十分鐘。

急診值班醫師譚品澤道：「還是沒心跳，換我來壓！強心劑再來！」邊說邊跪坐在推床上，打直手臂繼續進行心臟按摩。

胸管、輸血、急救藥物，經過這一陣忙碌，急救區裡一陣凌亂，但傷患依舊沒能恢復生命跡象。

「蘇醫師，我是醫院的駐警。」

「怎麼了？」蘇家硯停下腳步。

「是這樣的……有個女孩被送到急診室，目前還不知道身分……因為她的手機裡有你的電話，所以……」駐警解釋。

「她有沒有怎麼樣？」蘇家硯緊張地問。

「他們還在……還在處理……我不是很曉得……」駐警光看也曉得狀況不好，但聽蘇家硯焦急的語氣，便把「還在急救」改說成「還在處理」。

「我……我馬上過去！」掛上電話，蘇家硯幾乎是狂奔地往停車場去。

見到急救區關起鐵門，蘇家硯的一顆心揪著，幾乎要喘不過氣。才掀開簾幕，只感覺一切畫面變得緩慢，血袋、管路、呼吸器、心電圖，柯子亭孱弱的身軀，隨著心臟按摩的起伏晃動著，好不真實。蘇家硯扶在床欄邊，胸口翻絞。

「學長，你……」譚品澤回過頭。謝婕瞪大眼睛，已經意識到了。

「怎麼……怎麼發生的？」許久，蘇家硯才終於能開口問。

「被車撞，救護車送過來的。」

「多久了……」

謝婕看看時間，回答：「差不多一個鐘頭了。」

沉默了許久，蘇家硯低聲道：「行了，別……別壓了……」

譚品澤看了蘇家硯一會兒，才漸漸停下動作。幾個人望著，等他交代。

「管子都拔掉吧！給我一組縫合包……」蘇家硯說了，彷彿不願驚擾沉睡中的柯子亭，輕柔細心地縫上柯子亭腳上的傷。「不痛了、不痛了……」周圍回到一片寧靜，只有他輕聲的安慰。

因為柯子亭沒有其他親人，蘇家硯便幫忙辦妥手續。離開醫院前，駐警交還了柯子亭的小提包，是救護車一起送過來的，裡頭只有幾樣簡單的東西，手機、鑰匙、梳子及一面已經破碎的小鏡子。

勉強提起精神，蘇家硯安排打理了替她送行的一切，連同那條來不及拆封的項鍊，葬在一處花園草坪式墓園。

度過幾日的傷痛，蘇家硯終於有勇氣回到柯子亭的住處，把屋子收拾交還給房東。裡頭充滿了短暫卻美好的回憶。

柯子亭是愛看書的女孩，櫃子上的書便裝滿了三個大紙箱。她的衣物不多，都是素素淡雅簡單的樣式，但穿在她身上很是好看。蘇家硯拿起書桌裡的日記本，翻了兩頁。落下一張相片，那是上回和柯子亭在摩天輪裡拍下的。柯子亭拿著一球冰淇淋，燦爛笑著。

抽屜的最底層，有個餅乾鐵盒。蘇家硯打開來，裡頭是一疊沒拆封過的信，收件人都寫著小艾，地址也都是這處公寓，最久的已經是十年前的郵戳。蘇家硯把鐵盒和日記本都收進了裝書的紙箱。和柯子亭相處的這些時日，感情雖好，卻還是對她有許多的不了解。

花了兩天的時間，才把這間小公寓裡的林林總總都打包裝箱。

清空屋子，只剩下一些大型家具，就留給以後的房客使用。蘇家硯拿了鑰匙，要交還給房東。記得柯子亭提過，房東就住在樓下，已經八十多歲。

「叮咚——叮咚——」按下門鈴，許久都沒人應。該是年紀大，重聽吧！

「叮咚——叮咚——」又按了幾回，這才聽到門後有緩慢的腳步聲。

一位身材矮小，頂著稀疏白髮的老先生開了門。「什麼人呀？」房東徐僑問。

「老伯，你好，我是樓上柯子亭小姐的朋友。」

「喔……子亭呀，那你是她的男朋友囉？呵呵呵呵……」老先生呵呵笑著，打量了一會兒，露出很滿意的神情。「好好好！很好，很好，有事嗎？」

「你是房東，對不對？」蘇家硯問。

「是啊！」

「是這樣，柯小姐她……過世了。」

「她……什麼？」徐僑僵住了表情。

「她過世了。」

「噢……」徐僑滿是訝異，不可置信，問：「怎麼……怎麼會呢？」

「出了車禍。」

「唉，子亭……苦命的孩子。」徐僑嘆了口氣說：「來，進來，說給我知道。」

看得出徐僑對柯子亭的關心，蘇家硯便跟著進了屋子。意外發生後，蘇家硯一直都獨自哀傷，心裡多麼渴望能有人陪他聊聊柯子亭的一切。

聽完突如其來的噩耗，徐僑憶起這些年，緩緩說起了過往。

柯子亭的父親是個走商船的船員，在客廳貼的世界大地圖上標記的圖釘，便是他曾經去過的地方。從柯子亭出生後，就住在這個公寓，獨居的徐僑很是疼她，幾乎當作自家小孫女一般，看著她念書、長大。

柯子亭一家三口的生活，原是幸福和樂。在柯子亭十歲那年，父親因為意外失去了工作，一家人的生活也從此不同。失業的老爸，不再如過往慈祥，變了個人似的，開始酗酒，怪罪、咒罵，更是動不動便出手打人。

終於有一回，柯子亭的母親昏倒被送到醫院，在急診室裡，父親告訴醫師，她是在浴室裡滑倒摔傷的。但年幼的柯子亭曾經偷偷告訴徐僑，母親是被父親推去撞了牆，才摔倒在地上。徐僑很心疼沒了母親的柯子亭，所以雖然房租一欠再欠，也沒趕他們父女離開。

柯子亭漸漸長大，徐僑想資助她上學，便找了說詞，稱自己年邁，需要柯子亭幫忙打掃屋內，算是讓她靠自己賺取學費。但是她的父親卻變本加厲，更把氣出到女兒身上。

「唉，好多次了……我聽他摔東西摔得凶，都趕緊跑上去敲門，怕她傷了子亭……」徐僑望著天花板，憐惜地說。

「後來呢？」雖是往事，蘇家硯還是聽得心急。

「子亭也很上進，畢業後當了護士，終於能獨立自主。」徐僑頓了頓，道：「後來她爸過世了，我覺得這樣反倒好，這孩子也不用再擔驚受怕……」

「這些年，我身子越來越差，都是她照顧我。我啊！早就把她當成親人。一直在想，希望能見她嫁人，有個好歸宿……她這樣的好孩子，孤零零一個，太寂寞了。」

兩個人談了許久，蘇家硯才起身告辭。

「年輕人，謝謝你這麼照顧子亭啊！」

「應該的、應該的。」蘇家硯欠欠身子，說：「老伯，謝謝你告訴我這些……」

徐僑揮揮手，又長長嘆了口氣。

「對了，老伯……」臨走時，想起什麼似的，蘇家硯問：「從前是不是有個女孩也住在這裡？好像叫小艾……」

聽到這個名字，徐僑面容陡然變色，皺起眉頭。「你……怎麼會知道這名字？」

蘇家硯生怕無意間冒犯了什麼，趕忙道歉：「因為……因為我收拾子亭的書桌時，看到有好多封信，都寄到這個地址，收件人就是小艾……」

彷彿又憶起不愉快的往事，徐僑蹙著眉，緩緩道：「這個名字我聽過一回……」

蘇家硯閉上嘴，專心聽著。

「我聽過一回，就是在她父親過世的那一天……」

那一天，徐僑用過晚餐，聽到樓上又摔起東西。碗盤、桌椅，喀啷喀啷，這一回摔得很凶，還夾雜了女孩的呼叫。徐僑趕緊上樓，猛敲門都沒有回應，便用鑰匙開了門。門剛開時，聲音都停了，徐僑可嚇壞，快步走進屋子。客廳裡一地凌亂，柯子亭縮在牆角，而她父親俯臥在地，動也不動。

徐僑顫抖著手，叫了救護車。她父親被送到急診不久，醫生便宣告死亡，說是酗酒後心臟病發。

「那時候，我過去安慰子亭……她跟平常很不一樣，整個人迷迷濛濛，好像……好像夢遊一樣……這孩子一定是給嚇壞了……」徐僑又搖搖頭。「那時候她含含糊糊說話，我也只聽懂了小艾這個名字……唉，一定是給嚇壞了……」

臨走要關上公寓一樓大門時，蘇家硯看見信箱裡夾有封信，便伸手將信取出來。收件人寫著小艾，是柯子亭的字跡，郵戳為車禍前一天的日期。

蘇家硯回到家中，怔怔望著鐵盒子，取出一封封信，依著郵戳日期排列。

「究竟……這是怎麼回事？」

腦子裡反覆思索著徐僑的話：「她跟平常很不一樣，整個人迷迷濛濛，好像……好像夢遊一樣……那時候她含含糊糊說話，我也只聽懂了小艾這個名字……唉，一定是給嚇壞了……」

蘇家硯隱隱覺得這些事情有關聯，終於打開了第一封信。

小艾：

我好難過，我的爸爸不見了。他只要一喝酒，就會大聲罵我，他還會打媽媽。他從前是不會這樣的。他不疼我了。他今天打得好凶，好可怕。我叫媽媽趕快逃走，她就只是哭。怎麼辦？我到底該怎麼辦？幫幫我好嗎？

子亭

陳舊的信紙，依稀還可見到當年的淚痕。一封封信，有些只是短短數語，向好友傾吐著難過。

小艾：

媽媽又被打傷了，臉好腫好腫，左腳很痛連站都站不起來。我好怕。

子亭

小艾：

媽媽被送到醫院去了。她昏倒了，我怎麼叫都不理我。

他跟醫生說，媽媽是自己滑倒的，他騙人！

我有看到，是他推的，他推媽媽撞到牆壁，他騙人！

媽媽會回來嗎？

小艾，妳幫我帶她回來好不好？

子亭

小艾：

徐爺爺說媽媽不會回來了，是真的嗎？

爺爺是不是騙我？

我要媽媽！

子亭

信中所寫的，有些是徐僑提過的，有更多是徐僑不曉得的。她也不願意再稱呼爸爸，總是以「他」帶過。小時候小艾是柯子亭最好的朋友，可以傾訴一切。隨著年齡，信中稚氣的言語，也漸漸成長。

小艾：

護校就要開學了，不知道那裡上課會是怎麼樣？
聽說還要上解剖耶！拜託、拜託！我千萬不要昏倒！不然，實在太丟臉了！
妳有看過死人嗎？真正的那種死人耶！

子亭

小艾：

我．竟．然．昏．倒．了！
太丟臉了！今天大家在練習抽血，結果淑芳才把針頭扎進血管，我就昏倒了！
連一滴血都還沒看到耶！
告訴我！怎麼會這樣子呢？
太．沒．用．了．吧！@@

子亭

刻意書寫的大字，彷彿見到了柯子亭無辜的表情，蘇家硯笑了。校園裡的生活，應該給了她許多的歡樂與溫暖，這段日子裡，寫給小艾的信也就少了許多。蘇家硯喝了口水，又繼續往下讀。

小艾：

我越來越怕他了……

只要他醒著就是喝酒，醉了就是要打人。

我幾乎都躲在房間裡，我不要見到他。

子亭

小艾：

我恨他！

他是禽獸！他……他……竟然對我……

他是禽獸！

我恨他！

我好恨他！

子亭

天下竟有這等父親！蘇家硯看著信，憤怒地咬著牙，瞪大的眼都要噴出火來。

小艾：

他今天居然來向我道歉。

哼！

敗類！

禽獸！

我永遠都不會原諒他！永遠！

子亭

這封信的筆劃深深刻在紙上，充滿了憤怒。

小艾：

我畢業了耶！我終於可以自己賺錢！

妳說我應該去哪一間醫院比較好？

學姐都推薦我去城美醫院，那裡離家也近，應該會是我的第一選擇。

妳覺得呢？

子亭

小艾：

我錄取了！下星期就要正式上班。

我會到麻醉科，聽說和病房的工作差很多。還要跟外科醫師打交道，不曉得會是什麼狀況。這是我第二次進開刀房，還是很期待呢！

子亭

小艾：

我恨他！

禽獸！

敗類！

子亭

短短幾個字，讓蘇家硯的心又是一揪。

小艾：
我今天跟到一臺小眼睛外科醫師的刀，真是大爛人，只會怪東怪西。明明技術很差勁，還失血10,000 c.c.，害我拚命輸血。
好累……

子亭

小艾：
妳知道嗎？我從醫院偷偷拿了樣好東西回來。
我跟妳說，這叫做肌肉鬆弛劑。是麻醉時用的，會讓全身的肌肉完全癱瘓，完全使不出力來。獵人把這種東西塗在箭上，就能輕鬆地撂倒大獵物。
我放在冰箱的最下層，是一個小小玻璃罐。

子亭

蘇家硯的背脊竄起一股莫名的恐懼。

小艾：

我恨他！
我恨！
永遠都恨他！永遠！

子亭

小艾：

妳來過家裡，對不對？我發現妳把整瓶藥都用完了。
我忘了告訴妳，對付他其實只要一點點就很夠了。
心臟病發？
哼！

子亭

充滿了輕蔑與恨意的一個「哼！」，已經說明了一切。

小艾：

冰箱裡的藥又沒了，
妳又用掉了嗎？

子亭

讀著一封封的信，蘇家硯逐漸明白。原來，平常時候溫柔甜美的女孩，是柯子亭；而在某些個時刻，或許是服用安眠藥後，模糊迷濛之際，深藏在潛意識裡的憤怒憎恨，會取代主宰這個身體，就是小艾。恨父親，甚至恨其他男人。小艾會走到大街上，等待機會獵殺，而自己就是餌。髮根粗細的針頭，是完美的獵殺。讓罪有應得的惡人，動彈不得，受到無邊的恐懼吞噬，直到耗盡肺臟裡的空氣。那是他們應受的罪！

小艾：

我有見到妳！原來，催眠真的可以讓人看到過去。先前我就猜測，是妳報的警，害蘇家硯被抓。一直想告訴妳，家硯是好人，跟別的男人不一樣。

他如果讓妳不高興，我替他向妳道歉。妳別再生氣，好嗎？

子亭

因為那天，蘇家硯直接送「小艾」到醫院，讓她沒有機會下手，由於蘇家硯竟不為她的美色有一點點動心，因此心生怨恨。在小艾的心裡，對她動手動腳的男人該死；而假道學，絲毫不動心的男人也是。她才不能讓他輕易死去，要先搞臭他的名聲，撕掉他的假面具，再讓他一無所有地死去。

讀著讀著，蘇家硯早已是一身冷汗，原來那天晚上，只要自己稍有一點不軌，那個「車震偷情馬上風」的傢伙，就是榜樣。

小艾：

家硯對我很好，雖然有些時候看起來傻傻的，不過我知道他是好人。

求求妳別傷害他。

求求妳！

子亭

一個軀體裡的兩個靈魂，便這樣對話著，爭執著。

小艾：

如果妳真的不原諒他……

這幾天我都會陪他一塊兒去吃晚餐……

子亭

「溫柔的死亡陷阱」一詞在腦子裡閃過，蘇家硯錯愕地不可置信，自己早已在不知不覺中，一腳踏進了鬼門關。而那試圖奪命之手，竟是他所愛之人。「不、不……是小艾，想害我的是小艾……」微微顫抖的手，打開了最後一封信。

小艾：

真的很感謝妳這麼多年來陪著我，保護我。

我真的非常感激！

不過，往後不再需要妳保護了。

有人願意愛我，照顧我。他脾氣不像妳那樣暴躁，那樣固執。

他會對我好的，妳不用再為我擔心。

謝謝妳！

子亭

蘇家硯在墓前愣愣地站了一個下午，對著立在草地上的碑文發呆，回想著這段既苦澀又甜美的時日，不知過了多久。

「請問……」

背後傳來的問話，打斷了思緒，蘇家硯回過頭，見到一個女孩子，捧著百合花束，禮貌地點了頭。

「你是蘇醫師？」

蘇家硯點點頭，順手擦掉眼角的溼熱。

「你好，我是紀晏寧，子亭醫院的同事。」走近幾步。

「子亭交代我一封信，說……如果有什麼意外……請我把信交給你。」紀晏寧說著說著語調就哽咽起來，喃喃唸著，彷彿責備似的：「這個傻孩子……年紀輕輕幹嘛這樣亂說話……結果，竟然就……」

紀晏寧的淚水簌簌而下：「早知道……我就不要答應她了！」

蘇家硯接過信，強自壓抑著眼眶又泛起的朦朧，抿著唇點點頭，勉強吐出了幾個字：「感謝……保重……」

紀晏寧在碑前放上了鮮花，拭著淚，好一會兒才起身離去。待紀晏寧走遠了去，蘇家硯才打開信紙。

家硯：

對不起，我要向你誠實。我騙你，說我臨時被調去上班，其實我沒有。

我必須去阻止小艾。

你還不認識小艾，她是我的好朋友，很多年來都是她在保護我、照顧我。可是小艾不喜歡男生，而且你又得罪了她。所以，她把你當成壞人，但你不是。我會告訴她，你是我最好的朋友，也是個好人，要她不能夠傷害你。

我要去阻止小艾，雖然她會很生氣，不過我一定會好好勸她，告訴她你的好。只有我才能夠阻止她。

雖然，你是前科累累的大壞蛋，但是我愛你！

我知道，你不會相信有來生，但我知道一定有，也一定會再一次遇見你。

子亭

女孩離開時所留下的信依舊那樣天真，那樣傻得可愛。

煦煦的陽光下，彷彿還聽到柯子亭的歌聲，輕輕唱著——

我看著路　夢的入口有點窄　我遇見你　是最美麗的意外
總有一天　我的謎底會揭開……

國家圖書館出版品預行編目資料

遇見快車道女孩 / 劉育志著. -- 初版. -- 臺北市
: 華成圖書, 2016.02
面 ; 公分. -- (閱讀系列 ; C0347)
ISBN 978-986-192-270-6(平裝)

857.7 104026333

閱讀系列 C0347

遇見快車道女孩

作者 / 劉育志

出版發行／華杏出版機構
華成圖書出版股份有限公司
www.far-reaching.com.tw
11493台北市內湖區洲子街72號5樓（愛丁堡科技中心）
户　　名 華成圖書出版股份有限公司
郵政劃撥 19590886
e-mail huacheng@farseeing.com.tw
電　　話 02-27975050
傳　　真 02-87972007
華杏網址 www.farseeing.com.tw
e-mail fars@ms6.hinet.net
華成創辦人 郭麗群
發 行 人 蕭聿雯
總 經 理 熊 芸
法律顧問 蕭雄淋・陳淑貞

總 編 輯 周慧琍
企劃主編 蔡承恩
企劃編輯 林逸叡
執行編輯 張靜怡
美術設計 陳琪叡
印務專員 何麗英

定　　價／以封底定價為準
出版印刷／2016年2月初版1刷

總 經 銷／知己圖書股份有限公司
台中市工業區30路1號 電話 04-23595819 傳真 04-23597123

讀者回函卡

謝謝您購買此書，為了加強對讀者的服務，請詳細填寫本回函卡，寄回給我們（免貼郵票）或E-mail至huacheng@farseeing.com.tw給予建議，您即可不定期收到本公司的出版訊息！

您所購買的書名/＿＿＿＿＿＿＿＿＿＿ 購買書店名/＿＿＿＿＿＿＿＿＿＿

您的姓名/＿＿＿＿＿＿＿＿＿＿ 聯絡電話/＿＿＿＿＿＿＿＿＿＿

您的性別/□男 □女 您的生日/西元＿＿＿＿年＿＿月＿＿日

您的通訊地址/□□□□□＿＿＿＿＿＿＿＿＿＿

您的電子郵件信箱/＿＿＿＿＿＿＿＿＿＿

您的職業/□學生 □軍公教 □金融 □服務 □資訊 □製造 □自由 □傳播

□農漁牧 □家管 □退休 □其他

您的學歷/□國中（含以下） □高中（職） □大學（大專） □研究所（含以上）

您從何處得知本書訊息/（可複選）

□書店 □網路 □報紙 □雜誌 □電視 □廣播 □他人推薦 □其他

您經常的購書習慣/（可複選）

□書店購買 □網路購書 □傳真訂購 □郵政劃撥 □其他＿＿＿＿＿＿＿＿＿＿

您覺得本書價格/□合理 □偏高 □便宜

您對本書的評價（請填代號/ 1. 非常滿意 2. 滿意 3. 尚可 4. 不滿意 5. 非常不滿意）

封面設計＿＿＿ 版面編排＿＿＿ 書名＿＿＿ 內容＿＿＿ 文筆＿＿＿

您對於讀完本書後感到/□收穫很大 □有點小收穫 □沒有收穫

您會推薦本書給別人嗎/□會 □不會 □不一定

您希望閱讀到什麼類型的書籍/＿＿＿＿＿＿＿＿＿＿

您對本書及我們的建議/

廣 告 回 信
台北郵局登記證
台北廣字第000526號

免貼郵票

華杏出版機構

華成圖書出版股份有限公司　收

11493台北市內湖區洲子街72號5F（愛丁堡科技中心）
TEL/02-27975050

（沿線剪下）

（對折黏貼後，即可直接郵寄）

本公司為求提升品質特別設計這份「讀者回函卡」，懇請惠予意見，幫助我們更上一層樓。感謝您的支持與愛護！

www.far-reaching.com.tw　　請將 C0347 「讀者回函卡」寄回或傳真(02)8797-2007